공의 경계

미래복음

the Garden of sinners/recalled out summer

공의 경계　미래복음

the Garden of sinners / recalled out summer

나스 키노코

Illustration/타케우치 타카시

Premium
extreme
novel

Kara no Kyoukai Mirai Fukuin

©Kinoko Nasu 2011

All rights reserved.

Original Japanese edition published by SEIKAISHA Co., Ltd.

Korean publishing rights arranged with SEIKAISHA Co., Ltd.

through KODANSHA LTD., Tokyo

공^空의 경^境계^界 미래복음

the Garden of sinners/recalled out summer

the Garden of sinners/recalled out summer

미래복음   Möbius ring

나는 세계에 둘 있다.
현재와 미래에 하나씩.
왼쪽 눈과 오른쪽 눈은 다른 것. 같은 세계를 다른 시점으로 바라본다.

망원경으로 먼 곳을 보는 자신.
백미러를 보는 자신.

어느 쪽이든 죄업의 소행임에는 변함이 없다.
결말을 아는 나는 무책임한 신이다.
바꿀 수 없는 미래를 그저 기다릴 뿐.
미래에 기대하지도 않고, 희망도 없으며, 이렇다 할 의견도 없다.
지루한 매일,
지루한 미래,
지루한 인생.

…그러나 분명. 그중에서도 나 자신이 가장 보잘것없겠지.
우울함과 뒤섞여 침대에서 구르는 것이 나의 일과.
그런 나의 모습을 사흘 후의 내가 비웃고 있다.

/미래복음

나의 세계는 둘 있다.
어느 쪽이 어느 쪽의 그림자인지 따위는, 솔직히 확인하는 것조차 잊고
말았다.

4/

1998년 8월 3일, 오전 11시 40분. 한창 무더울 때.

미후네 시의 심장부에서 약간 떨어진 강기슭에 창업 10년을 맞는 대형 백화점이 있다.

역세권에서 떨어져 있어 광대한 부지를 확보한 점포는 도심에서 고립된 성城 같다.

전체 4층에 옆으로 펑퍼짐한 전형적인 구조.

가족 단위 손님들이 늘 찾는 푸드 코트, 최신기기는 보이지 않지만 그렇게 시대에 뒤떨어지지도 않은 전자제품 매장, 그 외에 신발, 의류, 세제, 조명기구 등 종류가 다른 상품들이 오손도손 늘어서 있다.

이곳은 현대답게 균형 잡힌 견본시장. 큰 기대만 품지 않는다면 온갖 수요에 호응해 주는, 인근 주민들의 생명줄이다.

그러나. 이처럼 풍부한 상품에 비해 매장 내에는 별로 활기가 없다.

오전의 백화점에는 손님이 뜸하다. 역세권에 속한 점포와는 달리, 이 백화점처럼 주위 주민들을 고객으로 삼는 매장은 늦잠꾸러기다. 백화점도 점원도 방문객들도 12시가 지나야 눈을 뜬다.

여름방학이라도 예외는 없어, 평일 아침의 백화점은 길게 늘어난 듯한 시간에 에워싸인다.

바깥세상보다 몇 단계나 풀어진 분위기.

이용객은 조금 있지만, 방문객은 어느 정도 있지만, 이곳은 아직 바깥의 시간과 맞물리질 않았다. 불길한 구급차 소리에도, 요란하게 울려 퍼지는 경찰차의 사이렌 소리에도 건성.

깨어 있기는 하지만 활기는 없다.

성곽도시를 방불케 하는 백화점은 견고하여서 내부의 이상 사태에만 대응할 수 있다.

따라서 아무도 그 이색분자를 알아차리지 못했다.

위층의 백화점과 같은 규모의 넓이를 가진 입체주차장 3층. 그곳에 **그**를 쫓아 나이프를 감춘 기모노 차림의 소녀가 나타났음에도, 감시 카메라의 프레임조차 이를 포착하지 못했다.

"──여어. 드디어 따라잡았군, 폭탄마."

소녀는 손에 든 휴대전화에 말하고 손가락을 떼었다.

콘크리트 지면에 휴대전화가 떨어졌다.

소녀는 기모노 오비의 등 뒤쪽에서 나이프를 뽑았다.

두 눈이 주의 깊게 주위를 노려본다.

주차장에는 소리가 없다.

여름 햇살이 어둠처럼 농밀한 그림자를 자아낸다.

승용차 몇 대가 주차되어 있다.

천장은 낮으며 기둥과 자동차가 엄폐물이 되기 때문에 시야
는 좋지 못하다.

소녀는──알 도리가 없을 텐데도──20미터쯤 떨어진 왜
건 차량 뒤에 내가 있다는 사실을 눈치챘다.

나와 소녀의 중간지점에는 세 개의 폭탄이 있다.

주차된 차량의 지붕에 붙여 놓은 쇠파이프. 안에는 화약과
직경 몇 밀리미터짜리 쇠구슬을 각각 500개 정도 채워 놓았다.
화약의 위력을 최대로 살리기 위해 파이프 양쪽 끝은 이미 밀

폐해 놓았다. 이것은 지금까지 만든 것처럼 파괴하기 위한 소이탄이 아니라 인간을 죽이기 위한 물건이다. 나는 두세 번 실패를 겪고 난 후에야 저 소녀에게는 이것이 가장 값싸고 효과적인 것이라 판단했다.

폭발의 기세를 타고 사방팔방 터져 나가는 쇠구슬의 사정거리는 10미터. 만전을 기해 세 방향에서 에워싸 도망칠 곳을 완전히 없애 버렸다. 덕분에 만에 하나 있을 기적의 미래도 보이지 않는다. 나에게 쇠구슬이 미치지 않는다는 것도 확인해 두었다. 피해라고 한다면 뼈와 살이 뜯겨 나가 시체가 될 소녀와, 흠집투성이가 될 주위의 자동차와, 10초 후에 엘리베이터에서 나타날 방문객 가족뿐.

소녀는 똑바로, 보이지 않는 나를 향해 다가온다.

엘리베이터 문이 열린다.

쇼핑백을 끌어안은 아이, 부드럽게 웃는 아버지와 어머니가 주차장으로 들어온다.

소녀는 문득 그 가족에게 시선을 보냈고, 나는 원격조작 스위치를 눌렀다.

순간. 트러블 따위 일어날 리가 없는 단순한 구조의 신관이 작동해 화약을 점화시킨다.

1초도 안 되는 시간의 당혹이 소녀의 움직임을 둔하게 한다.

1초 후.

료기 시키兩儀式는 폭발로 날아간 2밀리미터 크기의 쇠구슬을 온몸에 맞아 인간의 원형을 유지하지 못한 채 속수무책으로 즉사했다.

1/

가차 없는 여름이었다.

무심결에 눈을 가늘게 뜰 수밖에 없는 강한 햇살.

숲에서 흘러나오는 상쾌한 녹음의 냄새.

시내로 내려오면 습기와 열기가 도사린 일본의 여름이 펼쳐지겠지만, 산속의 학교는 그런 북적거리는 도심과는 다른 세계다. 피서지를 방불케 하는 편안한 기후로 이렇게 기분 좋은 아침을 연출해 준다.

이곳은 속세에서 떨어진, 우는 아이도 고개를 갸웃한다는 현세의 감옥——이 아니라 배움의 전당, 사립 레이엔禮園 여학원. 이제는 희귀동물이 되어 가는 유서 깊은 양갓집 규수들을 위한, 자극이 적은, 전천후형 독립기동요새인 것이다.

'세오는 중학교 때부터 있었어? 정말로 이런 생활을 3년이

나? ……하아. 난 올해 들어왔는데. 농담이 아니라 너흰 진짜 어떻게 된 것 같아.'

지친 표정과 그런 말로 나를 걱정해 준 사람이 고등부에 편입한 나오미ナオミ였던가.

그녀와 같은 편입생들은 보통 레이엔의 엄격한 규율에 절망한다.

레이엔은 기본이 기숙사제다. 학원 부지를 벗어난 외출은 고사하고, 기숙사 옆방에 놀러 가고 싶어도 신고가 필요할 정도로 철저하다. 하루의 절반은 교실에서, 절반은 기숙사의 자기 방에서 지내야 하는 악마 같은 관리 시스템 때문에 놀고 싶은 생각이 간절한 아이들에게는 그야말로 괴로운 하루하루가 될 것이다.

그러나.

그런 아이들은 분명 집에서는 자유를 누렸던 부러운 아이들일 것이다. 하루의 절반은 공주님이 사는 것 같은 방에서 멋진 집사가 끓여 주는 차를 마시며, "어머나, 정원에서 그레이브테이커(골든 리트리버, 8세)가 손님들께 폐를 끼치고 있네요. 오호호호호." 뭐, 그런 말을 하며 웃었던 아이들일 것이다.

부호니 명문에도 여러 종류가 있다. 개중에는…… 뭐랄까, 집안이나 자산운용하고는 상관없이 그저 취미를 관철하다 보니 어느새 부자가 되고 만 사람들도 있다.

호쿠리쿠北陸 지방에서는 나름 유명한 양조장인 우리 세오瀬尾 가문이 바로 그런 난감한 사람들이다.

200년도 넘는 역사를 가진 전통의 가게, 양조의 마인魔人들이 보이는 엄격함은 겨울 추위보다도 가차 없다. 써먹을 수 있는 사람, 손이 빈 사람은 누구든 부려 먹는다.

나는 어렸을 때부터 술이 친구여서 술맛이라면 레이엔의 그 누구보다도 잘 알아낼 자신이 있지만 그런 발언을 했다가는 반성실 7일 코스는 확실하고…… 아니, 아니. 그게 아니고, 레이엔에 오기까지 나에게는 자유시간이라고는 조금도 없었으므로 설령 독방이라도 진정한 취미에 쏟을 시간이 있다면 얼마나 좋을까 몽상만 펼치는 하루하루를 보냈는데, 그런 바람이 하늘에 닿았는지 하루의 절반은 방에 틀어박혀 오로지 동—— 아니, 책상에만 앉아 있어도 되는 자유를 얻은 것이다!

게다가 내 방은 A반의 남는 방이어서 아직은 룸메이트도 없다. 2인 1실이 아니라 1인 1실! 다시 말해 수녀님만 조심하면 그 누구의 눈치도 보지 않아도 되는 이상적인 환경인 것이랍니다!

······각설하고. 이처럼 레이엔 여학원의 생활은 이상적이며 가끔 개인적인 문제로 풀이 죽고는 하지만 저는 정말 잘 지낸답니다.

"················하아."

잘 지내기는, 하지만. 수녀님의 호출 때문에 나는 한숨을 쉬며, 기숙사 복도를 걸어가는 중이었다.

긴 복도 한쪽을 차지한 유리창에서는 화창한 여름 햇살.

오래되어 걸을 때마다 삐걱삐걱 울리는 목조 복도를 우울한 기분으로 지나간다. 내가 무거운 것이 아니라 들고 있는 짐이 무거운 것이다.

[1학년 A반 세오 시즈네瀬尾靜音 양. 아버님께서 전화하셨으니 1층 사무실까지——.]

울려 퍼지는 관내방송에 어깨를 늘어뜨린다.

우울하다기보다는 체념이랄까, 역시 이렇게 됐구나—— 하는 실망감.

어영차, 가방을 고쳐 멘 나는 아무도 없는 한여름의 복도를 벗어났다.

◇

막 8월에 접어든 어느 날 아침.

이렇다 할 눈에 뜨이는 복선도 없이 아버지에게서 온 전화를 받았다.

전화 내용은 [올 여름방학에는 레이엔에 남아도 좋다고 약속했다만 아빠 마음이 바뀌었다. 이번 주 안으로 돌아와라.] 라는 횡포도 이런 횡포가 없을 것 같은 내용이어서, 나는 일단 모양만이라도 아빠의 기대에 부응하고자 불만을 줄줄 늘어놓은 후, 아빠는 양조 지옥에나 떨어지라고 합의를 보고, 수녀님에게 수화기를 돌려주었다.

"세오 양, 귀가하시나요?"

"네. 예정이 바뀐 것 같아요. 폐를 끼쳐드려 죄송합니다."

"아니에요. 세오 양도 힘들겠지요. 갑작스러워서 집에 돌아갈 채비도——."

냉철하기로 유명한 아인바흐 수녀님의 눈이 어리둥절해서 내 발밑을 향했다. 그곳에는 짐을 다 챙겨 놓은 보스턴백이 있었다. 나는 이미 기입을 끝낸 귀가신고서를 제출했다.

"놀랍군요. 준비성이 좋은걸요, 세오 양은."

"아하하, 장점이라곤 그것밖에 없어서요. 그럼 이만 가 보겠습니다."

수녀님에게 인사를 하고 기숙사 담화실로 이동했다.

담화실은 기숙사 내에서 유일하게 학생들의 사적인 대화가 허용되는 장소다.

저녁을 먹은 후 이곳 담화실에 모여 딱 한 시간 이야기를 나누는 것이 레이엔의 유일한 오락거리다. 물론 입구에는 수녀님이 서 있으므로 소란을 피울 수는 없지만.

오늘은 여름방학이고 아침이기도 해서 수녀님은 없었다. 대부분의 학생들이 집으로 돌아갔으므로 수녀님들도 쉬는 모양이다.

"……쳇. 다음 버스까지 앞으로 30분이나 남았네."

버스 시각표에게까지 배신당했다.

8월 3일, 월요일. 기왕이면 오본[*] 때까지 남아 있고 싶었지만 어쩔 수 없다. 거역해 봤자 소용없다는 것은 내가 제일 잘 안다.

왜냐면 나는 이 결과를 어젯밤부터 한 치의 오차도 없이 지켜보았으니까.

"오, 소파 위에서 고양이 발견. 뭐 하는 거야, 세오? 아침인데 다시 자려고? 팔자 늘어졌네."

"──."

께느른하게 소파에 몸을 묻고 있다가 일어난다.

옆방인 학습실에서 나타난 사람은 반체제 기질이 있으면서도 근면한 나오미였다. 그녀의 말에 따르면 학습실의 홍차는 공짜인 주제에 맛이 좋다나 뭐라나. 레이엔의 기숙사 생활에 진저리를 치면서도 나름대로 즐기려 하는 근성 있는 아이다.

"어, 아니다. 세오는 고양이라기보다 개지. 정정할게. 근데 정말 뭐 하고 있어? 누구 기다려?"

※오본 : 일본의 명절. 8월 15일 전후이며, 우리나라의 추석과 비슷하게 고향에 내려가 선조의 영을 모시는 행사.

"······그런 건 아니고. 나, 이번에 고향에 내려가게 돼서."

음울한 한숨과 함께 한마디.

내게서 우리 집안의 내력을 들은 적이 있는 나오미는 하늘에 기도하듯 아아, 하고 탄식했다.

"정말? 너 그렇게 여름 바다를 기대했는데, 진짜 너무했다! 하루 정도만 다시 돌아올 수는 없어?"

돌아올 수 없으니 고양이처럼 쭈그리고 있었던 거지.

그리고 나오미도 오해하고 있는데, 내가 기대했던 건 여름 바다가 아니라 수영복이니 백사장이니 야키소바니, 그런 것과는 전혀 인연이 없는 여름 해변의 일대 결전*이었어.

"기운이 없구나. 왜 그래? 탈주 정도는 시도해 보라니까. 돈도 빌려 줄게. 애당초 부모 말 따위 거절하면 그만이잖아. 세오가 없어지면 나까지 심심해진다고, 이놈의 기숙사! 그 뭐냐, 몸이 안 좋다거나 약속이 있다거나 해서 아빠를 속일 순 없어?"

유감스럽게도 우리 아빠에게 그런 거짓말은 안 통한다.

※여름 해변의 일대 결전 : 도쿄 오다이바에서 열리는 거대 동인 판매전 코믹마켓(코미케)을 지칭하는 것으로 보인다.

내가 본 풍경은 술 냄새가 진동하는 고향 집의 공장에서 나막신을 신고 울면서 찐쌀을 퍼내는 세오 시즈네의 모습이었다. 그 모습이 보인 이상 아무리 애써 봤자 줄거리는 바뀌지 않는다. 기껏해야 기숙사에 돌아올 날이 하루 이틀 빨라지는 정도.

"됐어. 그냥 뭐, 이것저것 다 아무래도 상관없어."

다시 소파에 몸을 묻는 나.

고양이——그녀가 보기에는 강아지——같은 모습을 하고 있자, 나오미는 어이없어하면서도 차마 두고 볼 수 없었는지 근처에 있던 의자에 앉았다. 영차.

"나 참. 세오는 평소엔 생각이 없으면서 체념이 빠르다니까……. 이렇게 되면 무슨 소리를 해도 다 흘려들으니. …… 다음 버스로 갈 거야?"

"서두르지 않으면 집에는 한밤중에나 도착하거든. 그런데 나오미, 오늘은 커피 마셨어?"

"응? 아니, 홍차인데. 그게 왜?"

"그냥. 별 뜻은 없어."

이상하다는 듯 고개를 갸웃하는 나오미. 이상한 것은 나도 마찬가지다. 나는 이따금 아무 의미도 없이 별 상관도 없는 말을 묻곤 하는 버릇이 있다. 어렸을 때부터 이어져 온 버릇인데, 이게 아무래도 고쳐지지 않는다.

"하지만 그렇게 심심하면 나오미도 고향에 내려가면 될 거 아냐. 집이 홍콩이라며? 재미있겠네."

"난 너하곤 반대야. 평소 소행이 거시기해서 외출신고서를 내도 받아 주질 않거든. 아빠도 좋은 기회니까 버릇을 고쳐 달라고 하고."

어쩌겠냐면서 어깨를 으쓱한다.

나오미는 레이엔의 학칙보다도 친가의 아버지를 더 싫어한다. 내가 보기에는 싸움 친구 같은 느낌이지만, 아무튼 아버지가 하는 말에는 정면으로 대든다.

그런 나오미에게 친가로 돌아갈 조건, 조건, 조건, 은——.

†

그렇게 말은 했지만 며칠 후, 그녀는 체념하고 탈색한 머리를 원래대로 되돌린 다음 기숙사를 떠나게 된다.

원인은 그녀의 ■■동생이 ■■를 당해서.

가방만 하나 들고 빠른 걸음으로 기숙사를 나간다.

화장을 지운 그녀는 어디를 보더라도 부끄러울 것 없는, 기품으로 넘쳐 나는 양갓집 규수였다.

†

들렸던 소리와 들리는 소리.

보였던 것과 보이는 것이 천천히 하나가 되어 간다.

남모를 현기증을 참고 있던 내 앞에서, 머리에 브리지를 넣은 나오미가 쓴웃음을 짓고 있다.

"뭐, 신입 덕에 등수도 떨어졌으니. 전교 1등까지는 못 가더라도 3등 안에는 들어야 한다고 수녀님이 잔소리했잖아? 난 얌전히 면학에 힘쓸래."

품행이 좋지 못한 나오미는 시험 점수로 수녀님들……이라기보다는 학원 측의 입을 막고 있다.

그런 나오미를 위협하는 것이, 6월 말에 편입한 신입생이다. 이름은 모른다. 학급도 다르고 얼굴도 본 적이 없다. 다만 매우 깐깐한 아이라고 들었다.

"신입이란 애는 전국 모의고사에서 상위권이었다고 들었으니까. 왜 우리 학교 같은 데 들어왔담?"

"글쎄. 본인이 꼭 들어오고 싶다고 했다나. 원래는 N현에 살던 좋은 집안 아가씨였다는데. 너무 갑작스러워서 지금은 사감님 방에서 지낸대."

흐음. 한 귀로 듣고 한 귀로 흘려 넘긴다.

아직 직접 본 적이 없기 때문인지 전혀 안테나가 서질 않는다.

……풍문에 따르면 완전무결한 규수라고 하니, 나 같은 짝퉁하고는 절대 인연이 없을 만한 사람이겠지. 살아온 세상이 다르다고나 할까, 분명 이야기가 전혀 맞지 않을 것 같다고 할까.

"아차차, 맞아. 세오 너, 교복 바람으로 집에 갈 거야? 사복으로 안 갈아입어?"

"……됐어. 난 다른 옷도 없는걸. 아빠가 보내 주질 않아서."

꿈질꿈질, 점점 더 고양이처럼 몸을 웅크리는 나.

그 모습이 참으로 불쌍했는지 나오미는 더 이상 못 참겠다는 표정으로 의자에서 벌떡 일어났다.

"멍청아, 진작 말하지! 따라와, 내 옷 빌려 줄게!"

손을 잡아끌며 담화실을 나온다.

물론 나오미에게는 나오미 나름의 의도가 있어서,

"그건 그렇다 치고. 옷 빌려 줄 테니까 돌아올 때 이것저것 좀 사다 줬으면 하거든. 자, 여기 돈."

그러면서 만 엔짜리를 주는 나오미.

거스름돈은 써도 좋다고 한다.

나오미는 타이틀만 들어도 수녀님이 빈혈을 일으킬 법한 해외 밴드의 앨범 이름을 말했다. 레이엔 밀수품 랭크 A에 해당하지만 교환 조건치고는 나쁘지 않다.

"난 상관없지만, 분명 헛수고일 텐데."

"왜? 세오 넌 수녀님들한테도 안 찍혔잖아. 짐 체크도 안 할걸?"

"응, 그건 안전한데…… 뭐, 알았어. 나도 그 밴드 좋아하니까."

"……???"

나오미는 배포가 크다. 여행을 갔다가 참지 못해 앨범을 사 오고 말았다면 겹치는 것은 친구에게 넘겨주겠지.

그런 자신의 소시민적인 치사함에 한숨을 쉬며 기숙사 복도를 따라 걸었다.

8월 3일, 오전 9시 30분.

이 시점에서 내 미래는 사흘 전에 본 것과 같은, 아무런 신선함도 없는 일상이었다.

2/

'미키야幹也 군, 미후네觀布子의 어머니 알지?'

우리 사무소가 설계에 참여했던 어떤 호텔의 낙성 기념 파티가 끝나고.

어스름한 사무소에 돌아오자마자 그을음에 찌든 파티 드레스 차림으로, 소장 아오자키 토코蒼崎橙子는 그리운지 어떤지 애매한 이름을 입에 담았다.

◇

8월 3일, 맑음.

고개를 들어 보니 눈이 아찔해질 것 같은 태양은 고층건축물이 늘어선 거리를 축축한 열기로 감싸고 있었다.

기온과 불쾌지수, 모두 올해 최고치를 기록.

본격적인 여름은 길을 가는 사람들에게서 많은 것들을 깎아 냈다. 수분은 말할 것도 없고 여유나 침착성, 잠시 휴식을 취할 만한 정신까지.

지나가는 사람들의 그림자가 한층 더 짙은 것은 딱히 햇살 탓만은 아닌 것 같았다.

오전 11시를 지나, 해는 높이 높이 창공에 군림했다. 저녁 무렵까지 이 더위가 이어진다고 생각하니 역시 냉방이 잘 된 건물로 도망치고 싶어지기도 한다. 시키와 만날 장소를 익숙한 커피숍 '아넨엘베'로 잡기를 잘 했다. '미후네의 어머니' 건은 헛수고로 끝났지만, 목적한 인물이 이 근방에 없다는 사실을 알아낸 것만도 수확이다.

뒷골목이라고 할 만큼 어둑하지는 않은, 건물과 건물의 틈 새에 난 좁은 길에서 대로로 나와 약속장소로 향한다.

──'미후네의 어머니'는 옛날에 명물이라고도 불렸던 길 거리 점쟁이였다.

내가 고등학교 2학년 무렵까지 이 부근에서 판을 벌렸던 것이 기억난다. 나는 한 번도 신세를 져 본 일이 없으나, 같

은 반 여자아이들이 제법 진지하게 의지했기 때문에 이름만
은 기억이 난다.

당시에는 점이 나름 붐이었다지만 '미후네의 어머니'라 불
린 여성은 꽤 옛날부터, 심심하면 이 근방에 출몰해서는 길
거리에서 점을 쳐 주곤 했다고 들었다.

그녀가 명물 점쟁이라 불린 이유는 풍모나 점술의 적중률
때문이 아니다.

그녀는 미래의 일을 맞히는 것이 아니라, 비극을 회피시키
는 데에 탁월했다고 한다.

'손님은 앞으로 애인과 사이가 틀어질 게야. 그래, 이틀 후
에. 뭐야? 아직 정이 남았어? 타협이기는 해도 애착이 있다
고? 그럼 사흘 동안 여행을 다녀오게나. 혼자서. 선물 정도는
잊지 말고.'

······뭐, 이런 식으로 가차 없는 조언을 주어 비극을 모조
리 회피하게 했다나. 애당초 '아직 일어나지도 않은 비극'을
입에 담았으니 회피도 뭣도 아니지만, 실제로 그녀의 말을

듣지 않았던 여자아이들은 예외 없이 '그 비극'에 직면했다고 한다.

그런 일도 있고 해서 역설적으로 그녀의 점술은 적중률 100퍼센트인 것이 아닐까 하는 평가를 들었다.

그러나 당사자인 미후네의 어머니는, '미래를 맞히는 게 아니라니까. 쓸데없는 소리 하면 그만둘 거야.'라고 언짢은 투로 말하니, 팬 여자아이들도 친구들끼리 수군거릴 뿐 필요 이상으로 화제를 부풀리지는 않았다고 한다.

그 명물 점쟁이도 최근에는 전혀 소문이 들리지 않았다.

장소를 바꾸었는지, 아니면 그녀의 존재 자체가 여고생들 사이에서만 떠돌던 도시전설이었는지.

2년 전에 이곳에 있었다는 미후네의 어머니는 온데간데없었다.

"……그야 뭐, 점쟁이가 본격적으로 장사를 시작하는 건 저녁이 된 후겠지만. 토코 씨도 왜 하필 이런 데 관심을 뒀담─ 응?"

두두두두두, 고막을 뒤흔드는 소리가 들렸다.

아넨엘베로 가는 지름길의 모퉁이 너머에서 공사를 하는

중이었다. 한쪽 차선이 완전히 봉쇄되었다.

……난 점쟁이는 아니지만, 제법 교통량이 많은 길이니 공사는 야간에 해 주면 좋겠는데. 여름 더위 탓인지 이런 사소한 일에도 불만을 늘어놓게 된다.

10분 정도 걷자 낯익은 길이 나왔다.

한순간, 현기증을 느낄 정도로 새하얀 빛.

건물 그림자에 덮인 좁은 길과는 달리 대로의 햇살은 인정사정없었다. 건물의 미러 글라스에 반사된 햇빛은 열기가 되어 아스팔트를 달궈 댔다.

오전 시각. 길에는 다양한 종류의 사람들이 넘쳐 났다.

양복을 입은 회사원보다 사복 차림의 소년소녀가 많은 것은 여름방학이기 때문이리라.

저마다 하루라는 시간을 가진 그들은 지나가는 사람들을 시야에 담으면서도 이를 하나의 풍경으로 처리해 나간다. 나도 마찬가지다. 길을 가는 사람들 하나하나에게 관심을 둔다면 하루는 눈 깜짝할 사이에 끝나고 만다.

옆 사람에 대한 무관심은 근대화에 따른 덕德의 변화 때문만은 아닐 것이다.

당연한 일이지만 원래 우리는 타인과 일정한 거리를 두지 않으면 자신의 주관을 잃어버리기 십상인 생물이다. 일일이 모든 것에 감정이입을 했다간 그야말로 주역主役의 자리에서 굴러떨어지고 만다.

그러므로 곁을 지나친 '누군가'가 어두운 표정을 했더라도 최대한 무시하는 것이 무탈하게 살아가는 요령이라고 할까…… 상식이리라.

나도 남들만큼은 상식이 있다. 다만 그것과는 별개로, 명백하게 난처해하는 사람을 보고 지나치는 것 또한 역시 자신의 주관에서 굴러떨어지는 것 같았다.

이를테면, 그렇다.

목적지인 커피숍 앞에서 삼십대 남성에게 손목을 붙들려 울음을 터뜨리려 하는 여자아이가 있다면 말을 걸지 않을 수 없다.

길에는 약간의 공백이 생겨났다. 인파는 그들을 피하듯 흘러가, 한 사내와 그에게 손목을 잡힌 소녀는 원형의 무대에 있는 것 같았다.

사내는 짜증이 묻어나는 목소리로 소녀를 나무랐으며, 소녀는 얼굴을 창백하게 물들이면서도 그에게 무언가를 열심히 호소했다.

"──."

좋아, 하고 가볍게 마음을 가라앉히고 무대에 발을 들였다.

바로 최근에 '이 사람만 좋아 빠진 인간'이라고 입을 모아 꾸지람을 들었던 일이 머릿속을 가로질렀지만, 내가 아니라 다른 사람이었어도 지금은 중재를 하려 들지 않을까.

"저, 실례합니다. 무슨 일이 있었나요?"

사내와 소녀가 이쪽을 돌아본다.

사내는 짜증이 묻어나는 얼굴을 확 바꾸면서 어딘가 겸연쩍은 듯 시선을 돌린다.

소녀는 눈에 눈물을 머금으며, 끼어든 제삼자를 망연히 바라본다.

"……뭐야, 당신. 얘랑 아는 사이인가?"

"죄송합니다, 그냥 지나가던 사람입니다. 주제넘은 짓인 줄은 알지만 내버려 둘 수가 없어서요. 그 아이와 무슨 일이 있었나요?"

다시 한 번 무례를 사과하며 가능한 한 부드럽게 질문한다. 그는 더욱 민망한 듯 말을 흐렸다. 그런 모습을 보니 그리 성질이 급한 사람은 아닌 모양이다.

"아니, 뭐랄까. 이 녀석이 느닷없이 트집을 잡아서 말이지."

사내의 말에 민망한 듯 고개를 숙이는 소녀.

"……네?"

……이상하게도.

시비를 건 사람은 사내가 아니라 소녀 쪽이었던 모양이다.

사내는 커다란 보스턴백을 들고 있었는데, 이 소녀가 느닷없이 그 가방을 잡고 늘어졌다는 것이다.

'그 가방을 가져가면 안 좋은 일이 일어나요!'

소녀는 그렇게 고함을 지르며 사내를 붙들었고, 사내는 무슨 소리를 해도 떨어지지 않는 소녀에게 짜증이 나 자기도 모르게 힘을 쓰고 말았다나.

"……어, 그게, 사실이니?"

소녀에게 말하자 그녀는 힘없는 목소리로, 네……, 라고 말하며 고개를 끄덕였다.

"거 보쇼. 이제 알겠지? 나도 이런 데서 애하고 말다툼을 벌이고 싶진 않다고. 난 피해자라니까."

"하, 하지만요……! 정말, 이대로 있으면 아저씨, 다친다고 해야 하나, 사고라고 해야 하나. 조심스럽게 말하자면 덤프 트럭에 치여서 핏덩어리가 된다고 할까!"

"아, 진짜. 여름이구먼, 완전! 이보쇼, 당신. 이 이상한 애 는 당신이 좀 봐주쇼. 난 바쁜 사람이란 말이야!"

소녀의 태도는 한결같았으나 사내는 더 이상 참을 수 없다 며 거칠게 말했다. ……취소. 성질 급한 사람은 아니어도 인 내심은 별로 깊지 못한 것 같다.

"아뇨, 잠시만 기다려 주세요. 보통은 이유도 없이 그런 소 리를 할 리가 없잖아요? 저기, 너는 왜 그런 생각을 했지?"

"…………."

소녀는 켕기는 것이 있는 듯 눈을 내리깔 뿐 이유를 전혀 말하려 들지 않았다. 다만 조그만 손은 필사적으로 사내의 가방을 붙들고 있다. ……이래서는 변호를 해 주려는 나도 두 손을 들 수밖에.

그 수상쩍은 거동에 신물이 났는지 사내는 가방을 홱 잡아당겨 소녀의 손을 떼어 냈다.

"이젠 됐지? 난 갈 거요! 걔는 댁한테 맡길 테니까! 얻어맞지 않은 것만도 고마운 줄 알라고 전해 주쇼!"

"저, 저기요……! 하다못해 지름길로는 가지 마세요——! 그리고 그 직업도, 제가 보기엔 좀 아닌 것 같아요!"

"시꺼, 그만 좀 해! 경찰 부를까 보다, 미친 년!"

사내의 고함에 소녀는 어깨를 흠칫하며 겁을 먹었다.

마지막으로 영 점잖지 못한 욕설을 남기고 사내는 씨근덕거리며 떠나갔다.

남은 것은 나와, 풀이 죽어 고개를 숙인 쇼트커트의 소녀였다.

"괜찮니?"

"아, 네……. 저기, 죄송해요. 중재해 주셔서 고맙습니다."

쭈뼛거리면서도 꾸벅 고개를 숙인다. 강아지를 연상케 하는 몸짓이었다.

"그, 그럼 실례합니다! 서둘러 쫓아가야겠어요. 사람은 저질스럽지만 의외로 그 사람에게도 슬퍼할 가족이 있으니까요!"

——그렇게 말하며, 풀이 죽었으면서도 소녀는 다시 기운을 내 고개를 든다.

낯선 남자의 화를 샀으니 어지간히 무서웠을 텐데도 눈물을 글썽이며 그를 쫓아가려 한다.

"잠깐만 기다리렴. 네가 또 붙잡으면 그 사람은 정말 때릴지도 몰라."

"어——. 그, 그건 무서운데요. 하지만…… 여, 역시 의義를 보고도 행하지 않으면 사람이 저렴해지는 것 같아서."

"응, 그건 좋은 마음가짐이야. 하지만 그 전에 다시 한 번 물어도 좋을까? 그 사람이 안 좋은 일을 당한다니, 왜 그렇게 생각했니?"

"그, 그건, 저기——."

또 말을 흐리는 소녀. 그녀는 아주 살짝, 사내의 분노를 사서 무서워하는 것이 아니라, 형언할 수 없는 고독감에 눈물을 흘리듯,

"……어쩐지, 그냥요. 제 감은 잘 맞거든요. 요 앞의 공사 중인 길에서, 그 사람, 가방이 원인이 돼서 사고에 휘말릴 것

같은, 그런 기분이 들어서."

　세상에서 가장 쓸쓸한 표정으로, 조그맣게 토로했다.

　……그 표정과 속마음을 알고 있다.

　믿어 달라는 희망과.

　믿어 줄 리가 없다는 절망.

　울음을 터뜨리기 일보 직전의, 필사적으로 무언가를 참으
려는 듯한 표정.

　……아주 오래된 이야기.

　겨울비가 쏟아지던 날 밤, 필사적으로, 자신은 할 수 없다
며 울던 그녀의 얼굴이다.

　"놀라운걸. 감만 가지고 그런 이야기를 했단 말이야? 그
사람이 화낼 만하네."

　"……!"

　소녀는 무언가를 말하려다 그것을 필사적으로 집어삼켰다.

　어깨를 축 늘어뜨린 그 모습은 역시 강아지를 연상케 했
다.

"하지만 네 말대로 그건 큰일이구나. 그 사람은 내가 설득해 보지. 그러면 될까?"

"네?"

멍하니 고개를 드는 그녀에게, 걱정 말라며 엄지를 척 세워 보인다.

"너는 여기 남아 있어. 따라오면 이야기가 꼬일 것 같으니. 잘 되면 보고해 줄게."

"어—— 에, 어, 으에……?!"

동요하는 소녀를 남겨 놓고, 떠나간 사내를 쫓아갔다.

모습은 이미 보이지 않았지만 그녀의 말이 사실이라면 놓칠 염려는 없을 것이다. 그가 향한 곳은 바로 조금 전에 내가 지나친 곳일 테니까.

3/

레이엔 여학원이 있는 교외에서 버스를 타고 거리의 풍경
이 바뀌는 모습을 바라보기를 한 시간 남짓.

버스에서 내려 JR 미후네 역으로 향하는 나를 맞아 준 것
은 한여름의 햇살과, 학원에는 없었던 거리의 소음과, 전봇
대와 덤프트럭 짐칸 사이에 끼어 햄버거 같은 꼴이 된 낯선
아저씨의 풍경이었다.

↑

"──, 아."

죽을 것 같은 현기증에 숨이 막혔다.

냉방이 잘 된 차 안에서 열기가 도사리는 바깥으로 나온
반동 때문이라면 얼마나 좋을까.

머릿속을 몽땅 스푼으로 떠내 사이다로 가득 찬 수조에 옮겨 놓은 듯한 느낌.

이슬 맺힌 유리벽 너머로 미래와 현재, 혹은 과거가 갈라져 보인다. 자신이 어느 쪽에 있는지조차 애매했다. 뇌가 없는 내가 진짜인지, 사이다 속의 뇌가 본체인지. 아무튼 오랜만에 본 '타인의 미래사未來死'에 나는 심장정지 일보 직전까지 갔다.

……그렇다. 깜빡하고 있었다. 기숙사 생활은 지루하지만 위험한 냄새가 적으며, 이렇게 아무런 상관도 없는 불행을 볼 기회는 없었던 것이다.

"——, ——."

억지로 멈추었던 호흡을 재개한다.

……혐오, 도덕, 절도節度, 용기. 수많은 개념에 대한 망설임 때문에 목이 바짝 타들어 갔다.

낯선 사내는 커다란 가방을 진 채 어기적어기적 멀어져 간다.

"아, 아, 아——."

어쩌지, 어쩌지, 어쩌지.

말을 걸까. 내버려 둘까. 하지만 분명 화를 낼 텐데.

저 사람이 누군지는 모르겠지만 어떤 직업인지는 한꺼번에 보였다. 싸구려 물건을 비싸게 파는 그런 사람. 전형적인 강매, 사기, 캐치 세일즈를 억지로 밀어붙이는 그런 사람이다. 하지만 어떤 사람에게나 가족이 있으며, 저 사람에게도 소중히 여기는 가족이 있다는 것 또한 보이고 말았다.

나는 당황하는 한편 스스로 생각해도 진저리가 날 만큼 냉정했다.

왜냐면 익숙하니까. 이런 건 어렸을 때부터 익숙했으니까.

영문 모를 소리를 입에 담았다가 어른들의 거북스러운 눈총을 사고, 결국 결말은 언제나 똑같은 것. 그렇다면 야단맞는 만큼, 비웃음 사는 만큼 손해일 뿐, 어차피 알지도 못하는 아저씨니까 여기서 눈을 감고 등을 돌리면 나는 아무것도 모른 채 넘어갈 수 있다. ……그렇다. 간섭하지만 않으면 결말을 알 리도 없다. 언짢은 일을 겪기는 싫다. 그렇다면 이제는 그만 눈을 감는 법을 배우자고 자신을 타이른 다음, 그래도, 뭐랄까, 그게.

"저, 저기요, 잠깐만요!"

후회하는 사람이 나뿐이라면 그건 그거대로 괴롭지만, 누군가가 후회하는 것보다는 낫다고 생각했다.

"당신 말이에요, 당신! 거기 커다란 가방 든 사람! 네, 악질 캐치 세일즈 같은 거 하는 아저씨 말이에요!"

술렁, 인파가 파문을 그렸다.

물론 수면에 던져진 돌은 나였고, 주위에서 사사삭 모두가 물러나는 느낌.

그리고.

"──아앙?"

눈을 뒤룩거리며 돌아서서, 지상에서 가장 언짢은 표정을 짓는 세일즈 아저씨.

"뭐야. 너 지금 나한테 한 소리냐?"

"어── 아뇨, 저기."

역시 박력이 대단해서, 머릿속이 새하얗게 물들었다. 다른 때 같으면 혼란에 빠져 아무 말도 못 했을 것이다.

하지만, 못생기고 싸구려에 크기만 크고 울퉁불퉁한 100엔짜리 매점 빵같이 변해 버린 아저씨가 있는 풍경이 지금도 눈꺼풀 안쪽에 남아 있다.

나는 온몸의 용기를 목에 긁어모아, 낯선 아저씨를 가로막고 섰다.

↓

그리고 결과는 여느 때처럼 참패였다.

참패, 였지만── 어쩐지, 굉장히 이상한 사람이 끼어들었다.

"저, 실례합니다. 무슨 일이 있었나요?"

그때. 이런 말은 실례지만 도움을 받아 안도한 것이 절반이고── 뭐, 이렇게 멍청할 정도로 사람만 좋아 빠진 인간이 다 있나 싶어 어이가 없었던 것이 나머지 절반이었다.

……그래도.

그것은 어떤 현기증보다도, 어떤 미래시未來視보다도 현실감이 없는 한마디였다.

왜냐면 지금까지는 아무도 이렇게 다정하게 말을 걸어 주지 않았으니까.

할 말을 잃은 나와, 냉정하게 아저씨의 이야기를 듣는 이상한 사람.

어디까지나 중립을 지키는 이상한 사람의 태도에 짜증을 낸 아저씨는 김이 샜는지 마지막에는 나를 노려보며 가 버렸다.

남은 것은 나와 이상한 사람뿐.

태도로 보아 연상이라고 추정할 수 있는 이상한 사람은 나에게 '왜'를 물었다.

"……어쩐지, 그냥요. 제 감은 잘 맞거든요. 요 앞의 공사 중인 길에서, 그 사람, 가방이 원인이 돼서 사고에 휘말릴 것 같은, 그런 기분이 들어서."

솔직히 말해 봤자 어차피 믿어 주지 않을 테고, 비웃음을 살 것이 뻔하다.

나는 고개도 들지 않고 시시한 변명을 했다.

……뭐랄까. 비웃음을 사는 것도 싫지만, 이 사람에게 경멸을 샀다간 난 그 순간 죽어 버릴 것 같은 기분이 들었기 때문이다. 하지만.

"놀라운걸. 감만 가지고 그런 이야기를 했단 말이야? 그 사람이 화낼 만하네."

이렇게, 결과는 어쨌거나 바뀌지 않았다.

이상한 사람은 어깨를 으쓱하더니,

"하지만 네 말대로 그건 큰일이구나."

처음 들어 보는 감정이 담긴 목소리로 내게 웃음을 지어 주었다.

"——네?"

"너는 여기 남아 있어. 따라오면 이야기가 꼬일 것 같으니. 잘 되면 보고해 줄게."

탁탁탁, 종종걸음으로 아저씨를 쫓아가는 이상한 사람.

나는 멍하니 길 한복판에 서 있었다.

몇 번이나 눈을 깜빡여, 모퉁이를 돌아 사라져 버린 까만 등을 떠올리려 했다.

……어, 잠깐 확인 좀 해 보자.

지금 그건 환상이 아니고, 분명 거짓말 같은 이야기지만 현실이며, 맡겨 달라는 말에 안심했고, 여기 남아 있으라고 했는데 그랬다간 특급을 놓치겠지만 그건 별로 상관이 없겠다 싶어 고개를 끄덕였고, 그러고 보니 난 고개만 숙이고 있을 뿐 이상한 사람의 얼굴을 제대로 보지 못해서— 아, 그래서 아까부터 '이상한 사람'이라고만 하는구나 싶어 못난 자신을 반성하고— 그때 느닷없이. 멀리서…… 강에 걸린 다리 쪽에서 폭죽이 터지는 듯한 소리가 나 제정신을 차렸다.

"헤, 으에엑—?!"

폭발! 폭발이다!

주위 사람들도 발을 멈추고 다리 쪽을 쳐다본다. 여기까지 울려 퍼진 것을 보면 어지간히 커다란 폭발이란 뜻일까? 연기 같은 것은 보이지 않았다. 사고가 있었던 건 분명하지만 시내 한복판에서 폭발이라니— 내가 봤던 사고는 그렇게 큰 것이 아니었다. 그냥 인명사고였을 뿐, 이렇게 멀리서 경찰차 사이렌까지 들릴 만한 대사건은 아니었다.

하지만 만약…… 그 이상한 사람이 내 말을 믿고 아저씨를 따라가서, 그 결과 아저씨는 공사 중인 길을 지나가던 덤프트럭 짐칸에 기적적인 우연으로 가방이 걸려서 전신주에 빵처럼 말려 들어가고, 말리러 갔던 이상한 사람이 뭔가 지나치게 노력한 나머지 덤프트럭이 다리까지 폭주한 것은──.

무릎이 떨렸다. 휘청, 지면과 함께 나락으로 떨어질 것 같은 구역질.

그런 내 앞에 옙, 하고 손을 들며 돌아온 이상한── 이상, 한──.

"오래 기다렸지? 네 말이 맞았어. 이야, 정말 아슬아슬했지 뭐야."

까만 안경을 낀 그 사람은 말과는 달리 아슬아슬함이라고는 전혀 느껴지지 않는 목소리로 그렇게 말했다.

나는 그제야 고개를 들고 제대로 그를 바라볼 수 있었다.

──죽고 싶어. 아니, 5분 전의 나를 죽이고 싶어.

왜 이 사람을 '이상한 사람'이라고 했던 걸까······!

"그 남자, 크게 다치지 않았어. 조금 다치긴 했지만 살짝 넘어진 정도고."

그의 왼팔에는 큰 찰과상이 있었다. 아저씨가 덤프트럭에 말려들 뻔했을 때 억지로 가방을 잡아당기려다 옷이 쓸렸던 것이리라.

잘못 말려들어 부상을 입어 놓고도 안경 낀 사람은 전혀 마음에 두지 않는다.

처음 일어나는 일들뿐이어서, 나의 머릿속은 아직 하얗게 물들어 있었다.

그런 말 한마디를 믿어 주었다.

그런 풍경이 생기지 않게 해 주었다.

그리고, 처음으로——.

"응, 정말 다행이야. 그 사람도 지금쯤은 너한테 고마워하지 않을까?"

——잘 했다고.

내 바보 같은 자기만족을, 이 사람은 자랑스럽게 인정해 주었다.

"——, 흑——."

정신이 들었을 때는 이미 늦었다. 조금 전까지 참았던 것과, 어쩌면 지금까지 계속 견뎌 왔던 것이 둑을 무너뜨렸는지 줄줄 눈에서 넘쳐 났다.

"어? 얘, 너 왜 그래……?!"

황급히 내 얼굴을 들여다보는 안경 낀 사람. 공공장소에서 학생을 울렸으니 당황하지 않는 편이 이상하지.

나는 나대로, 그런 그에게 미안함을 느끼면서도 눈물을 멈출 수가 없었다.

이제까지 기뻐서 눈물을 흘린 적도 거의 없었으며, 솔직히 말해, 당황하는 그 오빠의 몸짓에 완전히 꽂혔거든.

이상이 사건의 시작이자 거의 끝.

나 세오 시즈네와 코쿠토 미키야黒桐幹也 씨와의 운명적인 만남이었던 것이다. 빠밤──.

/ 미래복음(위僞)

과거, 내 세계는 둘 있었다.
착각도 비유도 아니다. 책상에 두 개의 모니터를 놓은 것처럼
완전히 똑같은 풍경을, 다른 세계로 동시에 보고 있었다.
왼쪽 모니터는 현재를. 오른쪽 모니터는 결말을.
나는 내게 필요한 결말을 추구하면서 모든 희망을 잃는다.
미지를 아는 사람에게 인생의 기쁨은 없다.
실패가 없는 사람에게 성공의 충실함은 없다.
내가 보는 결말은 결코 뒤집을 수 없다.

나는 내가 본 결말을 위해 손발을 움직인다.
그야말로 의지 없는 기계. 왼쪽 눈과 오른쪽 눈 사이를 왕복하기만 하는
인공망령.
미래를 쌓아 나가는 것 같으면서도, 사실은 미래에 봉사하는
저속한 신의 열화품劣化品.

그런 것들은 착각도 비유도 아니지만.
하다못해 망상의 산물이라면, 나도, 조금은 나은 인간이 될 수 있었을 것
을.

†

쿠라미츠 메루카倉密メルカ는 직업 폭탄마爆彈魔다.

완전 외주로 행동하는 해체꾼. 혹은 남들에게는 말할 수 없는 의뢰를 받는, 뒤탈 없는 엔터테이너. 본인에게는 그럴 마음이 없다 치더라도 그의 활약을 고대하는 사람들이 있으며, 그가 만든 무대에 많은 관객들이 모여든다면 그것은 스테이지라 부를 수 있을 테니까.

관객 대부분은 무뚝뚝한 제복을 입은 사내들이지만 그들은 그들대로 진지하게 쿠라미츠 메루카의 업무를 지켜봐 주는 귀중한 단골고객이다. 어지간한 구경꾼보다는 몇 배나 좋은 센스를 가진 고객층이라 할 수 있으리라.

각설하고. 폭탄라마고는 해도 그의 업무는 그리 거창하진 않다.

그가 다루는 폭약은 주로 기물이나 건물을 파괴하며, 살인을 목적으로 한 것이 아니다. 부탁을 받으면 만들 수도 있겠지만 다행히 살인에 걸맞을 만큼 비싼 보수를 제시한 사람은 없었다.

그에게 들어오는 의뢰는 소규모 퍼포먼스다.

이를테면 분말 알루미늄과 자성산화철을 섞은 소이폭탄, 화학비료나 엔진오일을 이용한 화학폭약. 화려하기는 해도 폭죽 정도의 위력밖에 없는, 어린아이 장난이나 같은 물건이다.

물론 그런 폭약에도 사람 하나 죽이기에는 충분하고도 남는 위력이 있지만, 이 나라에서 인간의 목숨이란 아직도 값을 매길 수 없는 프리미엄한 물건이다. 한 개인이 다룰 만한 것이 아니다. 적어도 그는 그렇게 믿어 의심치 않는다.

그의 업무는 무대탈취에 가깝다. 어떤 무대를 망치기 위해 고용되어, 위업의 공로자에서 비명을 지르며 도망치는 관중으로 무대의 주역을 바꿔 버리는 것뿐이다. 폭약은 사람들을 선동하기 위한 소도구에 불과하다. 단순히 **미래를 본다**는 그의 망상을 최대한으로 살리기 위한 장치가 폭약이었을 뿐이다.

'미래에는 기대도 하지 않고, 희망도 없다.'

그렇다. 과장도 비유도 아니고, 그에게는 '미래를 예견하는' 힘이 있다.

자신의 시야가 타인과는 다르다는 사실을 그는 비교적 일찍 깨달았다.

미래를 영상으로 본다.

그 특이성은 사람 하나의 인생을 뒤틀어 놓기에는 충분하고도 남았다.

이를테면 여기 한 가지 목표가 되는 포인트를 가정해 보자.

학창시절, 학생들 사이에서 보편적인 목적이라고 한다면 시험 성적이 있을 것이다.

그는 자신이 이상理想으로 삼는 성적을 오른쪽 눈으로 본다.

동시에 왼쪽 눈은 이를 실현하기 위한 현재를 비춘다.

미래는 꿈이 아니라 확고한 의지로 만들어 나가는 것임을 그는 어렸을 때부터 알고 있었다.

문제는 오른쪽 눈이 본 영상은 그의 현재 행동을 통해 완전히 확정할 수 있다는 것이다.

자신은 미래를 보는 것이 아니다.

오른쪽 눈에 비친 것은 미래가 아니라 5분, 하루, 한 달이 지난 후의 '당연'한 결과일 뿐이다.

현재를 쌓아 나간 결과를, 자신은 빨리감기로 보고 있을 뿐이다──.

그 사실이 쿠라미츠 메루카에게서 인간다운 감정을 박탈해 버렸다.

미래에 기대하지 않는다.

인생에는 당연한 일밖에 일어나지 않는다.

미래에 희망은 없다.

자신에게는 미지의 사건 따위 주어지지 않는다.

그리고── 역설적이기는 하지만, 현재에 가치는 없다.

어떻게 하면 바라는 미래를 불러올 수 있을지 뻔한 이상──이를테면 그것이 씁쓸한 선택이라 해도──그에게는 그 이외의 길을 선택하는 것의 의미가 없다.

해답이 모두 기입된 문제지나 같은 것이다.

한 번 미래를 보면 그 후에는 성공시키기 위해 필요한 수순이 왼쪽 눈에 비친다.

그대로 행동하면 미래는 눈에 비친 영상대로 이루어졌다.

'뭐야. 인생이란 거 참 재미없네.'

그렇게 쿠라미츠 메루카는 사회와의 거리를 느끼고, 당연하다시피 고립되어 이렇게 현재에 이르렀다.

보수만 주면 폭파예고에서 실행까지 완벽하게 수행한다. 용돈벌이에서 시작한 그의 업무는 지금까지 1년에 세 건 정도 비율로 발생했다.

물론. 원래 이런 직종은 수요가 없으면 살아갈 길이 없다.

일본의 경찰조직은 우수해, 폭탄소동 따위를 실행한 시점에서 진상은 쉽게 해명된다. 그 후에 기다리는 것이라곤 주범은 누구에게 의뢰를 하였는가 하는 증언뿐이다. 정말 수지가 맞지 않는다. 쿠라미츠 메루카라는 폭탄마는 공상 속의, 도시전설 같은 농담거리일 뿐이다.

다른 사람도 아닌 쿠라미츠 본인이 그렇게 생각한다.

하지만. 첫 번째 건부터 시작해, 한 번만 더 해 달라는 애원을 받아들여 주었던 두 번째 건. 그 의뢰주에게 소개를 받았던 세 번째 건, 이렇게 이어지면서 형세가 바뀌어 갔다.

주문대로 일을 해 주고, 폭탄마는 멋들어지게 수사의 손길을 벗어난다.

정체는 불명. 애초에 폭탄마는 근거지로 삼은 아지트도 배후

조직도 없으며 휴대전화 한 통으로 일을 받는다. 금전만이 목적이며 애초에 의뢰주의 정체를 알려고도 하질 않는다. 이 폭탄마에게는 자기과시욕 같은 것이 전혀 없다. 아무런 긍지도 없다. 그런 그의 존재는 현대사회의 수요에 적합한 것이었으리라. 정신이 들고 보니 그는 이 일만으로 먹고살아가는 직업 폭탄마가 되어 있었다.

'이봐, 그쪽은 위험해.'

──그런 그가, 그녀를 만난 것은 천혜였을까 천벌이었을까.

어떤 일을 마치고 돌아오는 길에, 기모노를 입은 소녀가 그를 불러 세웠다.

이번 일은 평범한, 개인 원한에 의한 방해공작이었다. 어떤 호텔의 낙성식을 망쳐 달라. 한 층을 날려 버리고, 그러면서도 사상자는 나오지 않도록.

한 층을 통째로 날리는 규모라면 수고는 크지만 실행은 가능했다. 호텔에는 낙성식에 초대받은 사람들뿐이었으며 옥상 부근 플로어의 경비는 없는 거나 마찬가지다.

그는 자신이 추구하는 결과를 바라고, 그 미래상에 따라 행동할 뿐.

이리하여 오른쪽 눈이 본 대로 호텔은 시커먼 연기에 휩싸였다.

그 실행으로부터 5분 전. 결과를 확인하기 위해 호텔의 가든에 들렸던 그에게 그 소녀가 말한 것이다. 그 호텔은 위험하다고.

소녀는 낙성식을 빠져나와 밤바람을 쐬고 있는 것 같았다.

미미한 위화감. 호기심. 은근한 기대. 끓어오르는 수많은 감정을 음미하며 그는 소녀에게서 떨어져, 폭발을 확인하고 호텔을 나갔다.

다음 날. 호텔 사건이 가라앉은 후, 그는 낙성식 참가자를 조사해 그날 만난 소녀의 정체를 알았다.

소녀의 이름은 료기 시키.

그날―― 아니, 처음으로 그의 '오른쪽 눈'에 없었던 결과의 이름.

쿠라미츠 메루카가 금전 이외의 목적으로 폭탄마가 된 것은 이것이 처음이자 마지막이다.

정체가 드러날 가능성.

얼굴을 들킨 데 대한 입막음, 위기관리.

그러한 인간적인 감정을 포함해, 그는 그 소녀를 죽일 수 있을지 어떨지를 확인하지 않을 수 없었다.

†

"폭탄마가 널 노린다고?"

반신반의 정도가 아니라 전혀 믿지 않는 투로 아오자키 토코가 목소리를 높였다.

저녁놀이 지는 가람당伽藍堂. 코쿠토 미키야가 자리를 비운 틈을 노려 토코에게 상담을 하러 온 료기 시키는 서두르지 말 걸 그랬다고 후회했다.

"노린다기보다는 내 뒤를 쫓는다고 할까. ……미키야에겐 말하지 않았지만."

"하하, 그거로군. 호텔에서 있었던 일 때문에 찍힌 거야. 이상한 것들에게 사랑받는 별자리인가 보다, 넌."

"웃을 일이 아니야. 봐, 이걸. 오늘 아침 신문투입구에 들어 있었어. 연락용 휴대전화까지 갖다 주는 판이라고."

호텔 폭파사건으로부터 이미 사흘. 그녀는 매일처럼 폭탄마의 피해를 입고 있었다.

첫 번째는 야간 공사현장에서 섬광탄 같은 폭탄으로.

두 번째는 아넨엘베 부근의 노상에서 지뢰 같은 소이탄으로.

세 번째는 별 생각 없이 들렀던 폐건물에서 붕괴를 목적으로 한 시한식 폭탄으로.

모두 인적 없는 장소였으며 료기 시키만을 타깃으로 삼은 파괴공작인 것이 불행 중 다행이었다. 목격자는 없지만 희생자도 없었다.

타깃이 된 시키도 매번 멀쩡하게 폭파현장에서 생환했다.

"……그렇게 거창하게 계획을 꾸몄는데 죄다 꽝이니, 그쪽도 잠자코 있을 수는 없겠네. 그래서, 전화는 왔어?"

"아직 한 번도. 그런 것보다 토코, 이 녀석 좀 이상해."

"이상하다니, 어떤 점이?"

"수를 너무 잘 읽어. 세 번째 그건 내가 별 생각도 없이 들른 폐건물이었다고. 2층의 어떤 방에 들어갔더니 방 한가운데에 싸구려 알람시계가 있었는데, 초침이 째깍 0이 된 순간 폭발하

던걸."

여기까지 오면 우연이 아니라 필연이다.

아오자키 토코는 폭탄마에게 별안간 흥미가 동했으며, 료기 시키는 세 번째 폭파사건으로부터 간접적으로 얻은 인상을 띠엄띠엄 말해 주었다.

말하자면—— 이 폭탄마는 움직이는 시체라는 것.

그 말이 무엇을 가리키는지 아오자키 토코는 알 수 없었다. 료기 시키가 말하는 인상이라는 것은 지나치게 동물적이라 보통 사람들은 공유할 수 없는 **감상**이었기 때문이다.

아오자키 토코가 대답할 수 있는 것은 '수를 너무 잘 읽는다'는 점뿐이었다.

"폭탄마 이야기는 나도 들었어. 그때부터 혹시나 싶기는 했지만—— 미래시의 전형일지도 모르겠는걸, 그 사람."

무료하게 책상을 뒤지는 토코.

"소장님, 사 왔어요~. 피스 맞죠?"

타이밍 좋게 유일한 사원이 돌아왔다.

눈을 빛내며 담배를 받아 든 아오자키 토코를 보며, 또 긴 이야기가 시작되겠다고 료기 시키는 한숨을 내쉬었다.

　　　　　　　　　　　†

　이튿날, 8월 3일.

　료기 시키는 코쿠토 미키야와는 별도로 이 부근에 있었다는 점쟁이를 찾는 일을 맡았다.

　소장 아오자키 토코의 제안이었다.

　듣자하니 '미후네의 어머니'라 불리는 그 점쟁이는 높은 확률로 아종亜種 미래시를 가지고 있으며, 폭탄마 본인일 가능성도 있다나.

　'뭐, 십중팔구는 관계없겠지만. 코쿠토는 그렇다 쳐도 넌 만날 수 있으면 만나 봐. 미래시라는 인종이 어떤 건지, 직접 보면 감각을 이해할 수 있겠지?'

　아오자키 토코의 의도대로 그녀는 매우 쉽게 길거리 점쟁이와 만났다.

　건물과 건물 틈새, 사람 하나가 지나갈 만한 좁은 골목에 낮부터 나와 있었던 것이다.

미후네의 어머니는 거의 대부분의 사람이 점쟁이에게 품는 이미지와 다를 바 없는 전형적인 모습이었다. 까만 베일을 뒤집어쓴 얼굴에 걸치레용 수정구. 어깨 폭이 넓은 여성이었으며 나이는 오십대 이상이었다.

"폭탄마? 말도 안 되는 소리를. 난 연애운이니 장래의 꿈이니 하는 걸로 젊은 애들 상대하는 일을 하는걸. 너 따위 살인귀에게 해 줄 말은 없어."

매정하게 쏘아붙이는데도 이상하게 혐오감을 품을 수는 없는 할머니였다.

시키는 2분 정도 대화를 나누고 점쟁이에게 등을 돌렸다.

"참고가 됐어. 당신이 진짜인지 아닌지 난 모르겠지만, 미래가 보인다는 자들의 생각은 이해하겠어."

"……정말 건방진 아이구먼. 네가 나에 대해 뭘 안다는 거냐? 시비를 걸고 싶다면야 받아 주지. 본보기로 네가 전심전력을 다해 혼자 낑낑대는 정인情人에 대해 있는 일 없는 일 다 가르쳐 주랴?"

노파의 늘어진 뺨에 불쾌한 웃음기가 어렸다.

"────."

시키는 억누를 수 없는 살기로 얼굴을 찡그리기는 했지만 결국 그녀의 죽음은 볼 수조차 없었다.

"아니. 의외로 착한 구석이 있구나, 너. 이거 내가 잘못 봤나 보네. 아까 그건 시비였다만, 이번에는 친절하게 점을 쳐 줄 수도 있는데?"

"……필요 없으니 관둬. 그럼 이만. 오래 사시라고, 할멈. 이 부근은 밤에 위험해서 늙은이들에게는 안 어울려."

"어머, 요즘 세상에 멋들어진 소리를 다 하는걸! 사나이다운데. 반하겠어. 너, 나랑 만난 적 없던가? 천천히 놀다 가면 서비스해 주지."

"없어. 헌팅이 목적이면 점쟁이는 때려치워."

골목을 나왔다.

까닥까닥 손을 흔드는 기모노 차림 소녀에게,

"그러니? 아쉽구나. 아무튼 다리는 귀문鬼門이니 조심하렴. ……뭐, 네가 그 정도 가지고 죽지는 않겠지만."

불행한 미래를 회피하게 해 준다는 점쟁이는 놀리듯 그런 예언을 했다.

↓

점쟁이와 헤어져 도시의 소음에 휩싸였을 때, 품에서 귀에 익지 않은 착신음이 울려 퍼졌다.

료기 시키는 발을 멈추지 않고 폭탄마에게서 선물 받은 휴대 전화를 눌렀다.

[안녕. 처음 뵙겠습니다, 라고 해야 하려나? 료기 양.]

보이스체인저를 거친 째지는 음성. 나이는 물론 성별조차 알 수 없었다.

"글쎄, 과연? 가까운 데서 몇 번씩이나 봤을 텐데, 넌."

[설마. 나는 폭탄만 설치할 뿐인걸. 당신 앞에 나설 필요는 없지. 지금도 멀리 떨어진 맨션에서 전화를 하고 있어.]

"괴짜에다 거짓말쟁이라. 됐어. 그보다 무슨 일이지? 이야기를 나누고 싶다면 말을 더 잘 들어 주는 놈을 골라야지. 난 댁에게 할 말이 전혀 없는데."

[목숨을 노리는데도? ……이상한 여자로군. '왜', '어떻게' 같은 질문은 하지 않나?]

"왜. 물어보면 대답해 주게? 정체불명이 댁의 세일즈 포인트 아니야? 닥치고 있으라고. 나도 댁에게 관심 없어. 시체를 상대로는 의욕도 생기지 않아. 이 이상 일을 벌이겠다면 날 따라다니는 벌레를 쫓아낼 뿐."

[⋯⋯⋯⋯⋯여유만만하군. 그 대답은 보이지 않았어.]

목소리는 힘이 없는 것 같으면서도 기뻐하는 것 같았다.

폭탄마는 '현실'을 거듭 쌓아 나갔다.

료기 시키는 앞으로 2분이면 죽음을 맞는다.

그 '결과'를 지금도 오른쪽 눈으로 보고 있다.

이제부터 료기 시키는 다리 위에서, 정차 중인 트럭을 이용한 폭탄의 충격과 폭풍에 휘말릴 것이다. 그 미래시를 폭탄마는 특등석에서 이제나저제나 고대하고 있다.

[혹시 자신은 죽지 않는다고 생각하는 건가? 미래는 자신의 편이라고?]

"글쎄. 그때가 돼 보지 않고선 모르겠는걸. 하지만 지금은 아직 살아 있지."

[죽을 거야. 당신은 죽어. 폭발에 휘말려 죽어. 이건 결정사항이지. 나에게는 말이야, 모든 미래가 보여. 이렇게 보는 미래

는 절대 바뀌지 않아.]

"——흐응. 네 미래시는 그런 타입의 미래시로군."

[……?]

어쩐지 료기 시키의 목소리에 이채가 느껴졌다.

어렴풋한 환희. 단순한 기쁨이 아닌 희열. 환락이 아닌 쾌락.

——이 사냥감은 맛있을 것 같다고 야생짐승이 입맛을 다시

듯, 오싹하면서도 요염한 목소리.

[……하. 믿지 못하는 것도 당연하지. 당신은 나의 시야를 이

해하지 못할 테니까. 내가 보는 미래는 절대적이야. 절대적이

라고. 수식數式이나 마찬가지로. 현재의 '수치'를 알고 난 이상

해답은 바뀔 도리가 없어.]

현실이란 수식의 수치가 정해지지 않은 것.

해답을 내기 이전에, 무엇을 풀어야 할지조차 안정되지 않은

변수.

그러나—— 그 수식의 수치를 결정해 버린다면 해답은 흔들

리지 않는다.

폭탄마 쿠라미츠 메루카의 미래시는 바로 그것이다.

그는 자신이 본 '성공하는 미래'를 실현시키기 위해 현실이

라는 수치를 대입시킨다.

여기에 그의 자유의지는 없다.

취미취향, 희로애락, 온갖 희망적 관측을 개입시킬 **의미가 없다.**

……그렇다. 정답이 보이는 이상 어떻게 잘못된 행동을 취하겠는가.

그는 예를 들어── 설령 자신이 취한 현재의 행동이 전혀 쾌락을 가져다주지 못하는 것이라 해도 '성공하는 미래'의 비전에는 거스를 수 없다.

그는 미래를 보기 때문에 자신의 현재를 한정하고 마는 것이다.

현재와 미래의 틈을 왕복하는, 그저 미래를 실현시키기 위한 노예.

그것이 쿠라미츠 메루카의 미래시였다.

"……바꿀 수 없는 미래라. 나도 남 말할 처지는 아니지만. 넌 그게 재미있냐?"

[…………글쎄. 나에게는 6년 가까이 내 의지라는 것이 존재하지 않았지. 눈에 들어오고 만 미래에 속박된 기계 같은 존재

야. 왼쪽 눈의 내가 진짜인지, 오른쪽 눈의 내가 진짜인지, 아니면 그 사이에 있는 그냥 망령인지, 솔직히 나도 모르겠어.]

료기 시키가 다리를 건넌다.

그곳으로부터 3미터 떨어진 곳에 폭약을 설치한 트럭이 주차되어 있다.

지나가는 자동차는 없다. 다리가 끝나는 곳에 통행인이 있지만 휘말려 들어 봤자 왼팔에 화상을 입는 정도의 결과가 기다릴 뿐이다.

"――나에게 집적거리는 건, 놀고 싶어서인가?"

[……나에게 그런 여유는 없어. 당신은 내 얼굴을 봤지. 손을 댈 이유는 충분해. 이대로 멀리 떨어진 생판 남처럼 처리해 주겠어.]

"어수룩한 거짓말이군. 바로 근처에 있지, 너?"

폭탄마의 목이 꽉 조여들었다.

신관을 점화시킬 원격장치에 걸린 손가락이 살짝 떨렸다.

[없다고 했을 텐데?]

"있어. 너는 수치를 대입해 미래를 본다며? 그렇다면 지금 이러고 있는 나를 보지 않고선 그다음이 보이지 않을걸."

그것이 **미래만**을 예측하는 미래시와의 결정적인 차이점이다.

"당사자가 아니면 미래는 만들지 못해.

간접적이어도 **그 현장에 있을 것**. 그것이 네 미래시의 조건이다."

[──.]

현실의 요소를 측정해 미래를 결정하는 이상, 설령 결과를 안다 해도 그는 '그 순간'을 지켜보아야만 한다. 그가 보는 미래는 **쿠라미츠 본인이 본 풍경이어야 한다**는, 그것이 절대조건이기 때문이다.

그렇기에 그는 세 번이나 실패했다.

첫 번째도 두 번째도 세 번째도, 그는 '폭탄을 설치한 현장에 료기 시키를 유인하는' 미래밖에는 보지 못했다. 그녀 본인이 시체가 되는 영상을 보지 못했다. 보통 사람이라면 당연히 시체가 될 만한 상황을 마련해 놓고 그것으로 수긍했다.

그 결과 료기 시키는 아직까지 살아 있다.

그녀의 시체가 있는 비전.

이를 미래시로 보지 못한 상태로는, 그 소녀는 태연히 살아

남을 것이다——.

"그러니 이번에는 확실하게 근처에 있겠지. 내 시체가 보이는 곳에 있지 않고선 너의 미래시는 성립되지 않아."

한 걸음. 료기 시키가 트럭의 짐칸 옆으로 들어섰다.

폭탄마가 신관을 기동시켰다.

1초 안에 산화하여 열풍을 일으키는 소이탄.

주위를 뒤흔드는 폭음과, 폭음의 수십 분의 1밖에 안 되는 작은 폭발과 연기.

료기 시키는 옆에서 몰아친 폭풍에 휘말렸다.

여기까지는 미래시로 본 것과 같다. 폭탄마의 미래시는 절대 빗나가지 않는다.

그러나—— 피가 흩어지고 살이 타들어 가는 소녀의 '미래 모습'은 보이지 않았다.

'——대체 뭐야, 저 여자.'

폭파현장이 된 다리가 내다보이는, 500미터 떨어진 곳의 오피스 건물 옥상.

그곳에 자리를 잡은 폭탄마는 현실의 눈으로 분명히 보았다.

창졸간에 강을 향해 뛰어, 폭풍에 휘말리면서 떨어지는 소녀를.

인파와 경찰차 사이렌 소리.

그 속에서, 강에 떠오른 소녀는 태연히 강둑까지 헤엄을 쳐 몸을 일으켰다.

──그 순간. 분명히, 그는 소녀와 시선이 마주쳤다.

드디어 찾았다고, 소녀는 강둑에서 걸음을 옮겼다.

이제부터 천천히, 확실하게, 저 사냥감을 잡아 죽이겠다고 기이하게 일그러진 입가가 말하고 있었다.

폭탄마는 공포로 마비된 생각을 떨쳐 내고 오피스 건물에서 이동했다.

이 결과도 예상범주 내.

소녀의 '시체'가 보이지 않았던 시점에서 다음 결과 또한 대비해 놓았다.

'──왔다. 이 다리에서 살아남아 준 덕에. 이제야, 겨우──.'

쫓긴다는 공포도 성공의 확신이 덮어 버렸다.

지금으로부터 15분 후의 입체주차장.

그는 그곳에서 산산이 찢겨 나간 료기 시키의 시체를 선명한 미래시로 보았다.

폭탄마의 미래시는 절대적이다.

그녀는 15분 후, 설령 세계가 멸망하는 것 같은 우연이 일어나더라도 사망한다.

쿠라미츠 메루카의 미래시는 확률에 따른 것이 아니라 현실을 끼워 맞춘 필연이다.

세계의 질서. 사상의 개요에 거스르는 일은 쿠라미츠 본인도 불가능하다.

미래복음 /

1

이상이 사건의 시작이자 거의 끝.

나 세오 시즈네와 코쿠토 미키야 씨와의 운명적인 만남이 었던 것이다. 빠밤——.

↓

뭐, 그런 꿈꾸는 소녀 같은 생각은 그만 집어치우고.

"하긴. 그런 일이 있은 다음이니."

난처한 듯 웃음을 짓는 까만 안경을 낀 오빠.

길 한복판에서 울음을 터뜨린 나에게 아연실색……한 것이 아니라, 진지하게 걱정해 주는 것이 생생하게 전해졌다.

자신은 그렇다 쳐도 이 소녀가 걱정이 되어 견딜 수가 없다는 그런 목소리. 영상보다 목소리에── 뭐랄까, 모종의 전생의 인연 같은 집착을 가진 내 머리를 어질어질하게 만들었다.

"혹시 괜찮다면 요 앞 커피숍에서 쉬다 가지 않을래? 너도 피곤할 테니."

그가 손가락으로 가리킨 곳에는 독일어 간판을 내건, 석조 요새 같은 커피숍이 하나 있었다. 음, 이름은 아넨엘베. 좀 살벌하지만 서서 이야기를 하는 것보다는 낫겠다.

"아, 네. 고, 고맙습니다!"

나는 처량하게 새어 나오는 눈물을 참으면서 고개를 끄덕였다.

한순간 경계심이라는 뱀이 고개를 쳐들었지만, 한동안 생각에 잠기자 뱀은 의욕도 없이 똬리를 틀고 다시 잠들었다.

이 오빠의 말은 헌팅 이외의 그 무엇도 아니었지만, 무해함의 견본 같은 이 사람이 흑심을 가질 리가 없다고── 아니, 가졌다면 그딴 세계야말로 될 대로 되라는 심경이었다.

내가 생각해도 뭣하지만, 겁쟁이 주제에 여차할 때 배를

째는 이 성격은 어떻게든 좀 하고 싶다.

"호, 혹시 폐가 되지 않는다면, 저도 이야기를 좀 하게 해 주세요……! 으, 음, 다음 열차까지 한 시간 넘게 시간이 있으니까요!"

눈물은 그쳤지만 마음은 아직까지 엉뚱한 방향으로 달려가는 채.

얼굴을 붉히며 우왕좌왕하는 나를 보고, 오빠는 또다시 난처한 듯 웃음을 지었다.

"그럼, 아까 좋은 일을 했으니 상을 주는 의미에서 내가 사지. 아 참, 아직 인사도 안 했구나."

새삼스럽지만 가벼운 자기소개를 했다.

그의 이름은 코쿠토 미키야. 그 이름을 들었을 때, 한순간.

'──앞으로 1년 동안 잘 부탁해, 세오.'

아직 본 기억도 들어 본 적도 없는 목소리가 현기증 안쪽으로 사라지는 듯한 기분이 들었다.

◇

커피숍 아넨엘베는 앤티크풍 인테리어를 한, 어스름하기는 해도 차분한 공간이었다. 불은 켜지 않아서 조명이라고는 바깥의 햇살뿐이었다. 마치 성당의 예배당 같다.

"……저기. 손님이, 별로 없네요."

"응, 오전인데도."

마치 자기 일인 것처럼 쓴웃음을 짓는 코쿠토 씨.

대단하다. 이 무해한 분위기는 숫제 범죄 급이라고 해도 과언이 아니다.

"외견이 외견이다 보니 처음 찾는 사람은 들어오기 힘들지도 몰라. 커피도 케이크도 다 맛있는데 아깝게……. 아, 그렇구나. 시즈네에게는 더 밝은 가게가 나았으려나?"

"시——."

어째 지금 아주 자연스럽게 엄청난 소리를 한 것 같은데요?!

"아, 아뇨, 그렇지 않아요! 이런 분위기 익숙하거든요! 오히려 차분해졌어요!"

"다행이네. 그럼 창가 자리로 가자."

달콤한 말에 유혹되기라도 한 듯 나는 창가 자리에 앉았다. 코쿠토 씨는 반대편에.

말할 것도 없이, 테이블을 끼고 마주 앉은 모습이었다.

"──에, 에헤헤."

멋쩍음을 감추기 위해, 더할 나위 없이 얼빠진 웃음을 짓는 나.

"⋯⋯?"

싱글거리는 뺨을 꽉 다잡았다. 평화에 찌든 뇌는 조금 전에 집어던졌을 텐데. 휘휘 고개를 가로저어 마음을 바꿔 먹었다.

나는 피곤해서 코쿠토 씨의 다정한 말을 받아들인 게 아니다. 이 듣도 보도 못한 사람에게 묻고 싶은 것이 있어 용기를 쥐어 짜내 이런 교칙위반에 가까운 짓을──.

"자, 메뉴. 여기 커피는 다른 데보다 뜨거우니까, 혹시 주문할 거면 조심해. 오늘의 메뉴는⋯⋯ 어라, 어제랑 똑같네. 아깝다. 블루베리면 무조건 추천해 줄 수 있었는데."

──했던, 건데.

쳇, 하고 낙담하는 청년의 몸짓에 다시 뺨이 풀어지는 것이었다.

"아—— 아, 아니, 아니아니아니!"

"……???"

그러니까 그게 아니고!

겨우 10분 전에 막 알게 된 남.

원래 같으면 고맙다는 인사만 하고 헤어져야 할 상대에게 용기를 내 말을 건 이유는 절대 어린아이 같은 짧은 생각 때문이 아니다. 막연하기는 하지만 이 코쿠토 미키야라는 사람에게 묘하게 끌리는 기분을 느낀 것이다.

그것은 나에게는 익숙한 '여느 때와 같은 풍경'이 아니라, 손으로 더듬어 형태를 확인하는 것과 같은, 내가 어린 시절에 두고 와 버린, 남들과 다를 바 없는 직감에 가까웠다.

코쿠토 씨는 커피를, 나는 아이스코코아를 주문했다.

메뉴가 올 때까지 민망한 침묵 속에서 나는 감정을 꺼 버렸다.

어떤 답이 돌아오더라도 상처를 입지 않도록, 5분 너머의 내가 현재의 나를 바라보는 듯한 조작감.

눈앞에 부드러운 갈색 음료가 놓였을 때, 나는 완전히 조금 전까지의 나와는 다른 존재가 되었다. 두 명의 나는 서로 교섭하지 않는다. 같은 자신인 주제에 이어진 시간이 전혀 없다.

"아까 말인데요, 코쿠토 씨는 왜 그렇게 믿어 주셨던 건가요?"

코코아에는 손을 대지 않은 채 똑바로 그를 보며 물었다.

그에게는 어떻게 되어도 상관이 없는 남의 일.

하지만 나에게는 인생이 걸린 이야기다. 웃어넘긴다면 굉장히 실망할 것이며 분명 일주일은 풀이 죽을 테지만, 인사는 하고 헤어져야 한다.

"어째서냐고 물으면 대답하기 어려운걸. ······음. 시즈네가 굉장히 절박해서 그랬다는 건, 안 되나?"

"제가 불쌍해 보여서요?"

짓궂게 되묻는다.

그런 이유로 나를 보고 있었다면 그 아저씨를 쫓아갔을 리가 없다. 이 사람은 나를 믿어 주었기에 그 아저씨를 쫓아가 준 것이다. ······그 사실을 알면서도, 나는 이 사람을 시험한다.

코쿠토 씨는 한동안 음미하듯 생각하더니,

"불쌍했다, 는 것도 있을지도 모르지. 처음에는 네가 공갈이라도 당하는 것 아닌가 착각했으니까. 하지만 그건 어디까지나 내 사정이고. 그 시점에서 내가 판단한 건 시즈네에게는 거짓말을 할 이유가 없다는 것뿐이었어. 그 사람을 속여 봤자 득이 될 것이 없어 보였거든. 그렇다면 넌 진짜로 그 아저씨를 걱정했다는 뜻이 되지. 사고 운운의 진위야 둘째 치고, 어쨌든 흘려 넘기기는 힘들었어."

그리고 좀 짐작이 가는 것도 있었고 말이지── 그렇게 덧붙이며 코쿠토 씨는 쓴웃음을 지었다.

"거짓말이 아니라고 믿어 준 건가요? 감이 좋다는 말이야말로 거짓말 같은 변명이었는데."

"설령 거짓말 같은 이야기라 해도 너는 진지했잖아. 이야기 첫머리 정도를 믿기에는 충분했어. ······게다가, 뭐. 요즘에는 이런 얘기에도 슬슬 익숙해졌거든."

이야기의 내용이 아니라 이야기를 한 사람의 알맹이를 믿는다는 말이었다.

……그거면 충분했다. 나 세오 시즈네는 크게 숨을 들이마시고, 스스로도 어떻게 된 것 아닌가 싶을 정도로 냉정하게, 오랫동안 쌓아 두었던 고민을 이 사람에게 털어놓았다.

◇

"전 미래를 봐요."

밑도 끝도 없는 내 고백에 코쿠토 씨는 역시 놀랐는지 눈을 깜빡거리더니, 커피를 블랙 그대로 홀짝 한 모금 마셨다.

"여, 역시 이상하죠, 이런 얘기는!"

아니, 이상한 건 저겠죠!

"──아니, 놀란 건 내 사정 때문이니까 신경 쓰지 마. 그보다 미래가 보인다는 게 무슨 말이니? 정말 영화처럼 보이는 거야?"

의외로 코쿠토 씨는 한층 진지하게, 약간 몸을 내밀며 그

다음 말을 채근했다.

"어, 네. 영화랄까, 풍경 그 자체가 바뀐다고 할까요. 현기증 같은 거지만요."

"그거 지금도 보여?"

"아뇨, 늘 보이는 건 아니에요. 대체로 느닷없이, 아무런 조짐도 없이, 램프가 반짝 켜지는 것처럼 풍경이 휘리릭 바뀌고──."

…… '미래의 풍경'은 말로는 설명하기가 힘들다.

현기증이 나고, 눈을 깜빡인 다음에는 '이제부터 일어날 사건'을 객관적으로 바라보는데, 나 자신은 **뒤를 보는** 기분이 드는 것이다.

백미러에 비친 풍경을 백미러의 풍경에 있는 내가 보는 것처럼 불안한 기분이랄까.

"……시간은 굉장히 느리게 느껴져요. 하지만 실제로는 2초 정도 되는 현기증이니까, 요즘은 어쩌면 시간은 왔다 갔다 하는 걸지도 모른다고 생각하지만요……."

미래를 볼 때의 관측자, 그러니까 나의 시간은 그야말로 모든 것이 동시진행일 것이다.

조금 전 아저씨의 사고 풍경도 10분 정도 되는 영상이었는데 실제로는 눈 깜빡하는 사이에 파악했고.

"그건 언제부터 그랬어?"

한편 설명을 하는 것만도 벅찬 나와는 대조적으로 어디까지나 냉정한 코쿠토 씨.

"……이게 미래구나, 하고 자각하게 된 건 중학생 때부터였어요. 어렸을 때는 제가 뭘 봤는지도 몰랐고, 지금만큼 명확하지도 않았던 것 같아요."

"다행이구나, 그건 불행 중 다행……이라는 말은 실례겠군. 어린아이에게는 어린아이 나름의 괴로움이 있었을 테니. 상상할 수밖에 없지만 괴로운 일도 있었겠지. 시즈네는 참을성이 많구나."

"_____."

……어떡해. 울 것 같아. 난 또 꼴사납게 이성을 잃으려 했다. 슬프고 절박해서, 그보다도 훨씬 기뻐서 괴로웠다.

이런 괴로움은 2년 전 겨울 이후 처음이다.

어렸을 때부터 놀이 상대였던 시바견 크리스가 임종하는 미래를 보았을 때와 같다.

그때의 싸늘함은 지금도 마음에 낙인처럼 남아 있다.

내가 집에 돌아올 때까지 기다려 주었던 크리스.

다음 날 아침, 개집 안이 아니라 툇마루 밑에서 잠든 것처럼 숨을 거두었던 크리스.

그 풍경을 봤으면서도 나는 미래를 바꿀 수 없었다. 병원에 데려가도, 하룻밤 내내 함께 있어도 크리스의 임종은 바꾸지 못할 해답인 것 같아서. 내가 할 수 있었던 것은 크리스가 바라는 마지막을 지켜보는 것뿐이라고 눈물을 흘렸다.

크리스의 죽음에서 느낀 슬픔과 나를 기다려 주었다는 데 대한 기쁨으로 그날 밤은 계속 울기만 하고, 다음 날 아침에 크리스의 죽음을 본 나는 또 울었다.

나는 남들보다 한 번 더 많은 슬픔을 짊어지고 있다.

그것을, 이 사람은, 입에 담지도 않았는데 이해해 준 것이다.

"──저, 저기요!"

이젠 도저히 어쩔 수도 없는 열의라고 할까, 충동이라고 해야 할까, 그런 것에 떠밀려 목소리를 높였다. 손을 대지 않은 아이스코코아 너머로 적 발견.

뭐냐고 고개를 드는 코쿠토 씨에게.

"다, 다른 뜻은 없고요……! ……어, 지금부터요, 미키야 씨라고 불러 버려도 될까요?!"

심장과 혀가 낡아 빠진 회중시계가 된 것 같았다.

뻣뻣한 내 목소리에 '좋아' 한마디로 대답하는 미키야 씨.

아자! 나는 마음의 기어를 한 단계 높였다.

2

"초면인 분께 상담을 드려 실례라는 건 알지만요……. 제 이야기를 좀 들어 주시겠어요?"

긴장에 뻣뻣해진 얼굴로, 소녀는 상담에 응해 달라고 말했다.

조금 전의 눈물도 있고, 커피숍에 데려온 건 나였으니 두

말없이 대답해 주었다.

"네가 괜찮다면야. 별로 도움은 안 될 것 같지만."

무언가 보이지 않는 것에 짓눌리는 것 같은 소녀에게는 옛 날부터 약했다.

"웃지는 마세요. ……솔직히 말씀드리면, 전 미래를 봐요."

어렴풋이 각오는 했지만, 새삼 듣고 보니 놀라고 말았다.

목에서 목소리를 쥐어 짜내 고백하는 모습은 힘이 없었기 에 더욱 강한 결의가 느껴졌다. 시즈네는 조심스럽게 내 기 척을 살피며 고민을 토로했다.

미래시라는 불가사의한 이야기를 초면인 상대, 그것도 나 이 차이가 나는 이성에게 하는 만큼.

그녀가 눈에 띄게 횡설수설하는 것은 당연했다.

"다, 다른 뜻은 없고요……! ……어, 지금부터요, 미키야 씨라고 불러 버려도 될까요?!"

이렇게 얼굴을 새빨갛게 물들이며 말을 꺼낸 것도 극도의 긴장 때문이리라.

"응, 부르기 편한 대로 불러. 그래서 그 미래시 말인데……
어느 정도 앞까지 볼 수 있는 거니?"

"아, 네! 그게 말이죠, 풍경으로 보이는 건 사흘 후 정도예
요. 가끔 풍경이라기보다는 이미지 같은 게 확 지나가기도
하는데요. 그런 건 한 달 후나, 잘못하면 1년 후가 되기도 해
요."

"보이는 미래에도 단계가 있구나……. 보이는 빈도는 어느
쪽이 많니?"

"……사흘 후 정도 풍경이라면 하루에 두세 번은 나와 버
려요. 아까 그 아저씨도 그런 거였어요. 반대로 단편적인 건
정말 아주 가끔밖에 안 나와요."

"…………."

나와 버린다, 소녀는 그렇게 말했다. 어조에 힘이 없는 것
과 이제까지 한 말의 내용을 통해 나는 나름대로 시즈네의
고민을 이해했다.

이 아이가 품은 것은 죄책감과도 비슷한 소외감이다.

오늘 같은 일을 몇 번이나 체험했던 그녀는 남에게 다가가
기를 두려워한다.

남을 신용하고 신용하지 않고를 따지기 전에, 미래가 보인다는 것은 그 사람의 인생을 '엿보는' 것과 마찬가지라고 자신을 책망하는 것 같았다.

 메리트와 디메리트는 있을지언정 미래가 보인다는 것은 남들에게는 없는 특별한 재능이다.

 하지만 이 아이는 그것을 이점으로 인정하지 않는다. 오히려—— 남들보다 특별한 자신에게 열등감을 품고 있다.

 "……어렵겠는걸. 나는 모르겠지만, 미래가 보여도 좋은 일이 없니?"

 "그런 건 아니지만요……. 시험 내용이나 선배의 호출 같은 것도 사전에 전부 알게 되니까, 학교에선 우등생이고요. 얼마 전까지는 전교 1등이었어요. ……머리가 좋은 것도 아닌데. 참 그렇죠."

 성실하게 노력하는 친구.

 정직하게 꾸준히 노력해 온 친구들에게 사죄하듯 소녀는 중얼거렸다.

 미래를 보는 것은 반칙이며, 자신은 언제나 비겁하게 이익을 보고 있다고 소녀는 자신을 책망했다.

"······그렇구나. 그런 것도 재능에 눌린다고 할 수 있으려나."

"네. 저 같은 애한테는 아까워요."

힘없이 고개를 끄덕이는 시즈네.

······하지만 이 고민은 좀 더 뿌리가 깊다. 그녀 자신도 입에 담지는 않았지만, 어두운 그들의 원인은 미래가 보인다는 것에 대한 체념이 아닐까.

이를테면 세상은 긴 두루마리 그림이고 자신만이 그 너머를 볼 수 있다면, 긍정적으로 있을 수 없을 것이다.

미래를 알아 버렸다는 사실에 대한 달관 때문이 아니다.

궁극의 소외감── 어쩌면 **자신은 두루마리 밖에 있는** 것이 아닐까, 하는 불안이 몇 배나 무섭지 않을까.

"한 가지만 물을게. 시즈네는 미래가 보이는 게 무섭니?"

"······모르겠어요. 저에게는 너무 당연한 거라, 미래가 보이는 것 자체는 좋지도 나쁘지도 않아요. 다만······ 언젠가, 터무니없는 미래가 보일지도 모른다는 건, 무서워요."

이를테면 자신의 죽음.

이를테면 무엇보다도 소중한 가까운 이의 죽음.

분명, **바꿀 수 없는 것**이라면 더 이상 보고 싶지 않은 광경이리라.

　"하지만 아직 그런 건 본 적이 없지?"

　"어…… 네. 우리 집 개는 어쩐지 알게 됐지만, 사고가 아니었으니까요. 하지만 오늘 같은 사고는 무서워요. 아는 사람의 죽음이나, 미래를 엿보는 건 쓸쓸해요. ……그러니 계속 겁을 먹고 있다고 할지, 답답했다고 할까. 하지만 그런 것도 결국 남의 일이고, 저는 언제나 자신이 없어서 어영부영했다고 할까—— 아하하, 어쩐지 뒤죽박죽이네요. 무서운데 무섭지 않다니, 스스로도 애매하고. ……왜 그럴까. 지금까지 계속 무서워해서, 이제 그런 데에는 익숙해진 걸까."

　확실하게 언어화할 수 없는 무게에 소녀는 두 어깨를 축 늘어뜨렸다.

　"무서운 것하곤 다를 거야. 그건 단순히——."

　"네? 단순히, 뭔가요?"

　어리둥절한 표정을 짓는 시즈네.

　……어디 보자.

　여기서 그 결론을 입에 담는 것은 내키지 않았으며, 무엇보다 아무 해결도 되지 않는다.

이 아이는 한껏 용기를 쥐어 짜내 고민을 털어놔 주었으니, 나도 가능한 한 도움이 되는 모습을 보여 줘야지.

"아니, 그 이야기는 마지막에 하자. 미래가 보인다는 이야기, 계속 들어도 될까?"

미래시가 어떻다느니, 어느 정도 미래까지 볼 수 있는지는 들었다.

남은 의문은 조건 정도. 미래시의 원리는 나로서도 알 수 없고, 그런 이야기는 이미 들었으니.

"이를테면 아까 그 아저씨 말인데. 시즈네는 그 사람하고는 초면이고, 이 동네에도 처음 왔니?"

"아뇨, 미후네에는 몇 번이나 왔어요. 우리 학교에서 비교적 가까운 도시고."

"그럼 오늘은 전철로 왔어?"

"아뇨, 초노다이蝶野臺에서 버스로요. 11시쯤 여기 도착하자마자 금방 현기증이 났어요."

"……초노다이에서 버스로 왔다면 나랑 같은 방향이었구나……. 그 아저씨하고는 어떻게 알게 됐지?"

"말을 걸었던 건 미래를 본 다음이었어요. 그 전에는……
어라, 어땠지……? 버스정류장에서 스쳐 지나갔다……거나?
어라? 하지만──."

"버스정류장에서 내리자마자 금방 현기증이 났다고 했지.
어쩌면 그 아저씨도 함께 탔고, 먼저 버스에서 내렸던 것 아
닐까?"

"아. 듣고 보니 정말 그랬어요!"

"그렇구나. 토코 씨 말을 빌자면, 정말 앞뒤는 맞는군."

"네?"

고개를 갸웃하는 시즈네를 내버려 둔 채 지갑에서 명함을
꺼내 뒤에 무언가를 적었다.

"──??"

더욱 이상하게 여기는 시즈네에게 보이지 않도록 명함을
앞으로 뒤집어 테이블에 방치.

──아. 이제 남은 건 마지막 질문뿐인데. 토코 씨처럼 잘
할 수 있으면 좋으련만.

"길어졌지만, 이게 마지막 질문.

시즈네는 미래가 보이는 게 무섭니?"

아니면 미래가 정해져 있다는 편이 더 무섭니?"

"어."

눈을 동그랗게 뜨는 시즈네.

그녀는 잠시 고민한 다음, 아이스코코아 잔을 두 손으로 들고는.

"……양쪽 다 무섭지만, 굳이 말하자면, 후자예요."

입술을 뾰족 내밀며 자신 없이 대답한다.

"응, 그럼 안심했다. 상담을 하게 된 연장자로서 단언하자면, 시즈네의 불안은 완전히 뜬금없는 거니까 좀 더 가슴을 펴도 돼. 그런 미래라면 오히려 팍팍 보는 게 좋을걸."

"흐에?! 시시시, 싫어요, 그런 건! 미키야 씨는 지금까지 제 말을 제대로 들었던 거예요――?!"

"물론이지. 듣자 하니 네 미래시는 나쁜 게 아닌걸. 뭐, 세상이 넓다 보니 그야 한 사람 정도는 미래를 엿보는 성가신 사람이 있을지도 모르지. 하지만 시즈네의 미래시는 그런 게 아니야."

"네?"

인간의 재능에 선악은 없지만, 자신의 인생에서 그 재능이 얼마나 잘 돌아가는지를 판별하는 것은 나도 할 수 있다.

"미래시에는 몇 가지 종류가 있어.

이건 다른 사람한테 들은 말인데──."

그렇게 나는 바로 어제 들은 미래시의 해석을 들려주었다.

†

충격의 임금체불. 사원은 자기 재량으로 금전을 마련할 것. 그런 소장의 문제발언은 8월에 들어가기 전에 취소되었다. 7월 말. 건축 디자인업을 겸하는 우리 회사 가람당에 구원의 입금이 찾아왔기 때문이다.

입금해 준 곳은 어떤 고급 호텔. 미후네 시가 아니라 두 현縣 정도 떨어진 도시라고 한다.

'아, 그리고 보니 이쪽에 정착하기 전에 잠깐 봐준 적이 있지.'

소장 아오자키 토코는 갑작스러운 입금에 기뻐했고, 유일한 사원인 코쿠토 미키야는 작업비를 성공보수로 계약해 놓고도 완전히 잊어버린 상사의 대범함에 두통을 느꼈다.

기분이 좋아진 아오자키 토코는 무슨 변덕인지 사원과 사원의 친구 A를 대동해 평소의 그녀라면 경원시할 것 같은 낙성 파티에 출석했지만, 연회장에서 약간 희한한 일에 휘말려 사무소로 귀환.

며칠 후 아오자키 토코는 사원의 친구 A와 그 일의 뒤처리에 대해 이야기를 나누게 되었다.

"현장에는 범인의 범행성명이 있었다는걸. 폭파 시간에서 피해 규모, 부상자의 숫자에서 부상의 상세한 내역까지 정확하게 기입되어 있었다고 해. 경찰은 폭파예고라고 보고 있지만, 글쎄, 과연? 아주 간소한 내용이었어. 굳이 비교하자면 보고서 같던걸."

"보고서라. 오너에 대한 원한이나 의적 같은 정의감으로 소란을 일으킨 건 아니고, 어디까지나 일 때문에 그렇게 했다는 건가?"

"폭탄마라는 놈들에게 의뢰하는 쪽에는 인간다운 의도도 있었겠지. 어느 업계나 점유율 다툼은 가혹하잖아. 직접공격은 지나치게 성급하지만, 시비를 거는 정도라면 효과가 있겠지──. 뭐, 그런 사정은 실행범하고는 상관이 없는 이야기고. 문제는 뒤끝 없기로 정평이 난 이 외주 폭탄마가 왜 우리를 따라다니는가 하는 거야. 시키, 너 그날 밤에 어디 있었어?"

"그냥. 경치가 나빠서 밖에 나갔을 뿐. 그보다 그 범행성명이란 거, 역시 **미래를 맞힌** 거야?"

거듭되는 폭파예고와 그 재현.

경찰의 추적을 비웃고 포위망을 뚫는 그 솜씨는 인간 한 사람이 지닌 능력의 범주를 넘어선 것이었다.

경찰이라는 조직력을 빠져나가는 폭탄마의 행동은 모종의 기적이 없다면 설명할 수 없었다.

비현실적인 표현을 한다면, 투명인간이나 뤼팽.

그나마 현실적으로 말한다면──.

"예지능력. 미리 미래의 상을 알 수 있는, 미래시의 소유자 정도겠지."

상식에 대한 특권자인 그녀는 불쾌하다는 듯 내뱉었다.

↓

"소장님, 예지능력이란 게 정말 있나요?"

"있어. 이것저것 종류가 다르지만 한마디로 미래시라고 뭉뚱그릴 뿐. 기본은 '보기만 하는' 이능異能이야. 미래에서 오는 교신을 받는다느니, 평행세계로 이동해 미래를 본다느니 그딴 수상쩍은 것들은 포함되지 않아. 이자는 선천적인 초능력자일 테니 마술에서 말하는 예견, 신탁 같은 예언하고는 완전히 다르겠지.

인간의 기능에만 의존한 미래시는 예측과 측정으로 분류돼. 특히 많은 게 **미래예측**이야. 고도의 능력은 예측 내용을 영상으로 머릿속에 재현할 수도 있어."

"……잠깐만요. 그게 사실이라면 이 범인은 경찰도 체포하기 어렵다는 건가요?"

"경찰이라면 간단하지. 포위망을 넓히면 그만이거든. 아무리 미래를 볼 수 있다 해도 인간 하나의 성능에는 한계가 있으니까. 하늘이라도 날지 않는 이상 사회에서 도망칠 수도 없고.

하지만 뭐, 경찰은 외부에 정보를 너무 많이 주니 미래시에게는 보기 쉬운 상대겠지. 지금의 대책본부 규모라면 계속 가지고 놀 수 있을걸. 미래시를 붙잡고 싶으면 많은 인원으로 장기전을 펼치거나, 갑작스러운 불운에 의존할 수밖에 없어."

"갑작스러운 불운…… 이를테면 교통사고 같은 거요?"

"그렇지. 미래시에게 자동차나 전철이 돌발적이라고까지는 할 수 없지만, 아무튼 일상생활에서는 거의 생각도 할 수 없는 불운이 딱 좋아.

──아, 자연재해처럼 보이게 누군가가 노린다는 것도 아주 끝내주는 불운이겠는걸. 미래시는 미래를 보는 게 아니야. 읽지 못하는 건 안 보여."

"……? 미래를 보고 있는 게 아니라고요? 하지만 미래를 보잖아요, 그 사람들은."

"그러니까, 어디까지나 예측이라고. 이를테면 이틀 후에 죽을 피해자 A와 A를 죽일 가해자 B가 있다고 쳐. 미래시는 이 두 사람을 실제로 만나기만 해도 사건의 결말을 보고 말아. 경력도 이름도, 그야말로 이유도 모르지만."

"뭔 소리야, 그게. 이유도 없이 알 수 있는데 그게 무슨 미래를 보는 거라고. 그냥 직감이잖아."

그런 건 자기도 할 수 있다는 투로 말하는 사원의 친구 A에게 아오자키 토코는 신랄한 웃음을 지었다.

"너랑 똑같이 생각하지 마, 시키. 네 경우엔 듣고 상상만 해도 결말을 끌어내는 제육감. 반면 미래시에게는 근거도 확증도 있다고.

잘 들어. 인간은 수많은 문화와 지식체계를 구축해 영장류의 정점에 섰어. 신체기능만이 아니라 뇌를 쓰는 법도 진화시켰다는 소리지. 하지만 진화란 그 환경에 맞는 형태로 적응하는 거야. 쓰지 않는 기능, 생존에 부담을 주는 기능은 깎여 나가. 더 값싼 코스트로 대체할 수 있다면 뛰어난 기능이라 해도 뚜껑을 덮어 버리는 게 생명이거든. 미래시는 그런, 안전이라는 이름 아래 깎여 나간 '인간이 원래 가졌던 기능' 중 하나일 뿐이야.

간단히 설명하자면 그들은 '잊지 않는' 인간이지.

인간이 평소에 보는 영상. 이렇게 이야기만 나누어도 사실 우리는 어마어마한 양의 정보를 얻고 있는데—— 그들은 그걸 무의식적으로 흡수해. 원래는 뇌에 부담을 가해 오버플로를 일으킬 수도 있는, '시각으로 얻은 모든 정보'를 버리지 않고 기록하는 거야. 말만이 아니라 목소리, 냄새, 템포, 나아가 이 방의 벽에 있는 얼룩 하나까지, 무의식적으로.

그런 만물의 정보가 유기적으로 혼합되어, 그 배치라면 필연적으로 도출될 결과가 판명되었을 때 그들은 영상으로 미래를 보지. 미래예측은 직감이 아니라 고도의 정보처리일 뿐이야. 시키처럼 그냥 어쩐지 앞을 읽어 버리는 마이너한 게 아니라고. 그들은 일부만 기능이 퇴화한 일반인이야."

"……? 그렇게 대단한 일을 할 수 있는데 퇴화라고요?"

"그래. 지적생명체로서 진화한 인간은 **현명한** 취사선택으로 필요한 정보만을 건지려 하지. 지금의 인간에게 문명사회는 너무 복잡해서 처리할 수 없는 것이 되어 가고 있거든.

말할 것도 없지만 우리가 있는 환경과 개인이 인식하는 세계 사이에는 차이가 있어. 개인이 받아들이는 세계는 개인의 가치관에 따라 보정을 받아. 뭐가 필요하고 뭐가 불필요한지 하는 선택에 개인 차이가 있다는 건 잘 알겠지?

후조巫條 빌딩 건도 마찬가지였어. 원래 세계란 오감 전체를 이용해 모든 것이 연결된 '하나'의 상으로 포착하는 것이 옳아. 하지만 낭비야. 더할 나위 없이, 그딴 정보처리는 낭비거든. 왜냐하면 문명사회에선 시각 이외의 외계인식은 있든 없든 별 차이가 없으니까. 최적화가 아닌 **사적**화私適化, 적응화가 우리 인간의 가장 큰 장점이야. 우리는 원시인에서 벗어난 시점에서 자연과의 유대를 잃고 오감을 각각 단일한 기능으로 쓰기 시작했어. 유대가 없는 것에 일일이 신경을 쓸 수는 없으니까.

정신의 에너지 절약인 셈이지. 뭐가 됐든 노력은 줄이고 볼 일이니까. 우리는 자신에게밖에 관심이 없으니 자신에게 이익을 가져다주는 정보와 사실만을 건지지. 그것이 자신을 보다 빠르게, 확실하게 성장시키는 방법이란 걸 천 년을 들여 이해했기 때문이야.

조금 전의 예시를 다시 거론하자면, 피해자 A와 가해자 B 중 어느 한쪽만을 보더라도 미래시는 '죽고 죽이는' 미래를 보고 말아. 범인상은 보이지 않지만 A만 있어도 결말을 읽어내는 거야. 이건 A의 생활습관이나 A 자신이 의식하지 않은 무의식의 위험감지까지도 읽어 낸 결과인데—— 항상 그런 처리를 하고 있다면 인간은 정보의 무게에 짓눌리고 말아.

미래시는 이젠 필요가 없는 힘이야. 이걸 대신할 기기는 이미 발명됐고, 나날이 진보하니까. 언젠가 형태가 없는 미래를 예측하는 인공지능이 인간을 따라잡을 날도 올 테고."

원래는 시각과 청각이 얻은 정보.

지성이 가진, 미래에 대한 전망과 예감.

그것들을 통합하여 현실의 영역으로까지 끌어올리는 것이 미래시.

그들은 '몇 분 후의 미래'를 보는 것이 아니라,

현실을 만들어 내는 '몇 분 후의 결과'를 보는 것이다.

"⋯⋯흐응. 하지만 이건 다른걸. 이 녀석은 **아무것도 보지 않아**."

"응? 아무런 전제도 없이 미래를 보는 건 예측이라고 하지 않아. 그건 특권이 아니라 월권행위야."

"⋯⋯그렇게 보는 건 아니지만, 딱 잘라 말해 성가셔. 아무튼 미래시에는 두 종류가 있다는 거지? 토코, 예측이랑 측정의 구체적인 차이는 뭐야?"

마술사는 예측과 측정의 차이를 말했다.

실제로 도움이 되는 것은 측정이며, 범죄자로서 위험한 것도 측정이라고.

──한편.

인간으로서 올바른 방식은 예측이며, 료기 시키에게 상성이 좋은 것은──.

"뭐, IF 이야기는 암만 해 봤자 도리가 없지. 미래시 이야기는 이만 접고── 미키야 군, 차 한 잔 끓여 주지 않겠어? 너무 말을 많이 했더니 목이 마른걸."

"네, 그러죠. ……하지만 소장님. 만약 미래시를 가진 사람을 만난다면 어떻게 해야 좋을까요?"

"응? 예측 쪽 미래시라면 내버려 둬도 상관없지 않을까? 비교적 사회에 녹아들기 쉬운 사람들이니까. 제삼자가 제대로 조언만 해 주면 절충안을 잘 찾아낼 거야."

3

미키야 씨는 담담하게 미래시에 대해 설명해 주었다. 미래를 쌓아 나가는 것이 측정이고, 미래를 읽어 내는 것이 예측이며, 나의 미래시는 예측이라나.

그건 그렇다 쳐도.

"음, 오늘도 아주 잘 됐는걸."

언제 주문했는지 맛있어 보이는 미트파이를 먹고 있는 건 어떻게 된 노릇일까.

……아까까지 심각한 이야기를 나누고 있었는데. 눈앞에서 그렇게, 행복하게 입맛을 다시고 있으니 맥이 풀린다고 할까, 잡담이나 나누는 것 같아 서운했다. 나도 잠자코 있을 수 없었다.

"……기억력이 좋을 뿐이라고 해도 실감이 안 나는걸요. 전 그렇게 머리가 좋지도 않고."

"의식해서 한다면 그거야말로 위험해. 분명 미래시의 기능은 실생활——철학에서 말하는 '작은 나*'라고 해야 하나——시즈네의 실생활에는 연관이 없도록 분리되어 있는 것 아닐까. 그게 가끔씩 조건이 맞으면 이어져서 영상이 바뀐다거나."

그럴듯한 말을 하면서 오물오물 미트파이를 남획하는 미키야 씨.

······참는 것도 여기까지. 드디어 나도 입 다물고 있을 수는 없게 되었다.

"여기요, 이 오렌지 해바라기 믹스파이 좀 주세요!"

나도 점원에게 메뉴를 주문했다.

미키야 씨는 괜히 싱글싱글 웃으며 나를 보고 있다.

곧 파이가 도착했다. 근데 해바라기란 거 먹을 수 있나, 두근거리며 포크를 손에 들었다.

그런 내게 부드럽게 고개를 끄덕이는 미키야 씨.

"아무튼 이러쿵저러쿵 말은 많이 했지만, 전부 남에게 주워들은 이야기니까 흘려 넘겨도 돼. 내가 네게 할 수 있는 말은 딱 하나뿐이야."

"뭐, 뭔데요······?"

※작은 나 : 불교용어. 실체를 가진 나 자신을 '작은 나(소아 · 小我)'라 하고, 우주와 하나가 되어 '작은 나'를 지운 경지를 '큰 나(대아 · 大我)'라 부른다.

음식을 앞에 두고 약간 긴장하는 나.

그런 내게.

"시즈네는 그렇게 특별한 게 아니야. 미래가 보이는 정도
는, 그렇게 신경 쓸 것 없지 않을까?"

듣고 싶지도 않은, 흔해 빠진 격려를 던져 주었다.

제일 듣고 싶지 않았던 말이 냉수가 되어 내 체온을 단숨
에 떨어뜨렸다.

"……미키야 씨는 보이지 않으니까 그런 말을 할 수 있는
거예요.

보이지 않는 사람은 제 기분을——."

이해하지 못한다,

그런, 제일 좋지 못한 말을 간신히 삼켰다.

"사실은 나도 약간이지만 미래가 보이거든."

내 말도 아랑곳하지 않고 미키야 씨는 가볍게 말을 이었
다.

……지독한 배신. 들어 올렸다 떨어뜨리다니, 이 사람 사실
은 악마일지도 모른다. 전체적으로 까만색이고.

"되는대로 말하지 마세요. 말만 하는 거면 누구든—— 으

에?"

자신의 눈을 의심했다. 미키야 씨는 아까 테이블에 엎어 놓았던 명함을 뒤집어 내게 보여 주었다. 쳐다보고 깜짝. '시즈네가 오렌지 파이를 주문'이라고 적혀 있었다.

"어때. 대단하지."

"················그건, 그렇지만."

부루퉁 뺨을 부풀렸다. 이런 어린아이 눈속임이 통한다고 생각할 만큼 나를 어리게 본 걸까?

"사람 놀리지 마세요. 이런 건 어림짐작이잖아요. 앞일을 생각하면 누구나 알 수 있어요. 제가 말하는 건 바꿀 수도 없는, 현실이 되어 버리는 거라고요."

"확정된 미래라. 그럼 아까 그 사람은 다른 이야기가 되겠는걸. 시즈네가 본 미래랑 현실의 결말은 달랐으니까."

"————."

아, 소리를 내며 굳어 버렸다.

달아오른 머리에 양동이로 찬물이 끼얹어진 기분이었다.

"······그렇구나. 구했다고, 그랬죠?"

"물론. 시즈네 덕에 구했지. 버스를 타고 오면서 시야 한구

석으로 그 공사현장을 보고, 같은 버스에 있던 아저씨를 지긋이 관찰하고, 그가 버스정류장에서 공사현장 방향으로 발을 돌렸을 때 모든 조각이 들어맞았을 거야. 봐, 이 명함 뒤에 적힌 예측하곤 비교도 안 되지만 행위 자체는 똑같지.

너는 당연하게 미래를 생각하고 있을 뿐이야. ……뭐, 남들하고 길이는 좀 다르지만, 그게 뭐가 잘못이겠어. 지금 시즈네가 말했잖아. 미래란 건 생각해 보면 누구나 알 수 있다고."

미키야 씨의 말은 내 마음에 부드럽게 흘러들어 왔다. 별것도 아닌 평범한 말인데도.

'──그게 뭐가 잘못이겠어.'

그 울림이 가슴에 달라붙은 진흙을 떨어내 주는 것 같았다.

"……저기, 당연한, 거죠?"

"그럼. 인간은 누구나 미래를 보며 살아가. 5분 후의 자신, 하루 후의 자신. 사람에 따라서는 일주일 후, 1년 후의 자신도 보고 있겠지. 그건 미래시처럼 확실한 게 아니고 훨씬 막연한, 이렇게 저렇게 되고 싶다는 예상일 뿐이지만. 지금의 자신에 기대어 미래를 꿈꾸지 않는 사람은 없어."

담담하게, 그러나 힘 있게 미키야 씨가 말을 이었다.

미래를 본다느니 바꾼다느니, 그런 건 내가 멋대로 품었던 착각이었다.

왜냐하면, **아직 생기지 않은 것**을 바꿀 수는 없으니까.

인간에게 미래는 항상 '생각하는' 것뿐인 존재.

나는 미래시로 미래를 엿보거나 바꾸는 것이 아니라, 현재를 살아가면서 미래를 만들어 나가고 있다는 말.

설령 아무리 결과가 보인다 해도 미래는 아직 정해진 것이 아니다.

만일 바꿀 수 없는 미래를 본다면, 그건 미래를 본 것이 아니라 미래를 결정해 버리는 것과 다를 바 없다.

나에게 그런 거창한 힘은 없었으며, 애초에——.

"……제가 본 미래란, 대체로 괴로운 것이었어요. 제가 웃는 미래는 없었어요. 그건, 다시 말해——."

"응. 네가 본 미래는 분명 경고가 아닐까? 이런 일이 일어날 테니까 후회가 없도록 노력하라는."

……목소리는 조용히 울려 퍼졌다.

나에게 전해진 말은 미키야 씨 자신이 그렇게 되기를 바란다는, 소중한 기도인 것 같았다.

↓

"그럼 그건 그렇다 치고요. 사흘 후의 일이라든가 시험범위를 알게 되는 건, 역시 문제라고 생각하는데요……."

그렇습니다.

미키야 씨의 말은 옳지만, 역시 그건 보이지 않는 사람의 해답이랄까. 나의 고민은 독선적인 것이라는 사실도 알았지만, 정작 중요한 해결책은——.

"응. 그러니까 사흘 후가 아니라 나흘 후를 생각해."

……참으로 부드러운 미소와 함께 미키야 씨는 제안했다.

"그, 그게, 무슨 말이에요?"

"시즈네가 알 수 있는 건 사흘 후까지라며? 그럼 그다음 일을 생각해 보면 되잖아. 우리는 기껏해야 한 시간, 하루 후

밖에 생각하지 못하지만, 너는 그 기준을 훨씬 더 늘릴 수 있어. 어렵겠지만 그건 그거대로, 특별한 눈을 가진 대가라는 거지. 미래시는 고칠 수 없고, 애초에 고치는 것도 아깝고."

싱긋 웃는다.

······대단해. 어쩐지 한순간, 미키야 씨에게서 까만 꼬리가 보인 것 같았어.

특별한 사람에게도, 특별한 힘을 가진 만큼 핸디캡이 필요하다는 말이다.

혹은, 특별한 힘이란 그만큼 무거운 짐과 세트일지도 모른다는 이야기.

······이 사람은 내 고민과 약점을 동시에 지적했어.

우물쭈물 고민할 틈이 있다면 우선 그 힘을 최대한 써먹어 봐.

내가 언제나 품고 있는, '나만 반칙을 하고 있다'는 패배자 근성을 송두리째 갈아엎는 신랄하면서도 따뜻한 한마디였다.

"······제가 졌어요. 미키야 씨는 부드러워 보이면서도 무섭네요."

미키야 씨는 부루퉁 서운하다는 표정을 지어 보였다.

무섭다는 말보다는 부드러워 보인다는 말에 이의가 있는 모양이었다.

한순간, 친구로 보이는 사람에게 '동안童顔 자식'이라고 놀림을 받는 미키야 씨의 모습이 보인 것 같았다.

"저기, 그 명함 가져가도 될까요? 오늘의 기념 삼아서요."

"어…… 아니, 글쎄. 내 명함 같은 건 쓸 데도 없을 텐데…… 하기야 명함이란 게 원래 그런가?"

미키야 씨는 좀 멋쩍어하면서 명함을 주었다.

……응. 이래저래 많은 일이 있었지만, 정말로 놀라운 건 이 사람의 통찰력이다.

미키야 씨는 **그 시점**에서 내 고민을 파악해, 나를 수긍시킬 만한 복선을 짜 둔 것이다. 미래시 같은 것이 없어도 밝은 미래를 만들 수 있다.

뭐, 그래도.

"그런데, 살짝 빗나갔네요."

"……미안. 설마 오늘의 추천 메뉴가 아니라 그 옆에 있는 도전 메뉴를 고를 줄은 몰랐어."

미키야 씨의 미래시에는 해바라기가 부족했다.

보다시피. 약간의 한계가 있는 것도 인간다운 흔들림인 거
죠.

/미래복음 · 끝

†

그러면 그의 마지막 말을 보도록 하자.

†

1998년 8월 3일, 오전 11시 44분.

JR 미후네 역에서 약간 떨어진 대형 백화점의 입체주차장이 있는 3층에, 료기 시키는 발을 들였다.

미래는 이미 정해졌다.

이 장소까지 몰아넣은 시점에서 그녀의 죽음은 뒤집을 수 없다.

그녀의 이동 루트가 폭탄마가 본 결과에서 벗어나지도 않았

거니와,

우연히 변덕 때문에 돌아갈 시간을 앞당긴 가족 방문객의 모습도 없다.

이제부터 1분 후.

료기 시키는 엘리베이터 입구에서 모습을 나타내고, 쇼핑백을 끌어안은 가족 방문객에게 의식을 돌렸다가 세 방향에서 폭발해 날아드는 1500개의 쇠구슬을 받아 해체당한 고기 조각이 된다.

그는 이를 20미터 정도 떨어진 대형 왜건 차량 뒤에서 **똑똑히 바라보고 있다.**

인기척이 없는 주차장.

바깥세상보다 몇 단계나 풀어진 분위기.

다리에서 일어난 폭파사고도 이곳에서는 다른 세상 이야기다.

구급차 호출도, 경찰차의 사이렌 소리에도 건성.

빠짐없이 널리 차별 없이. 여기서는 모든 것이, 일어나고 있으면서 살아 있지 않다.

"여어. 드디어 따라잡았군, 폭탄마."

소녀는 손에 든 휴대전화에 말하고 손가락을 떼었다.

콘크리트 지면에 휴대전화가 떨어졌다.

소녀는 기모노 오비의 등 뒤쪽에서 나이프를 뽑았다.

두 눈이 푸른빛을 머금고 결과를 가진 주위를 노려본다.

주차장에는 소리가 없다.

여름 햇살이 어둠처럼 농밀한 그림자를 자아낸다.

료기 시키는 나이프에 손을 댄 채 보이지 않는 폭탄마에게 다가간다.

그 도중에 그녀의 오른쪽에 있는 엘리베이터 입구에서 가족 방문객이 나타난다.

한순간의 틈.

그는 원격조작 스위치를 눌렀다.

거의 동시에. 료기 시키의 나이프가 허공을 가로지르듯 번뜩였다.

1초 후.

료기 시키는 폭발로 날아간 2밀리미터 크기의 쇠구슬을 온몸에 맞아 인간의 원형을 유지하지 못한 채 속수무책으로 즉사했다.

1초 후.

쿠라미즈 메루카의 미래시는 마치 안구를 직접 비스듬히 벤 것처럼 두 쪽으로 갈라지며 소멸했다.

"으, 악——?!"

격통에 오른쪽 눈을 억누른다.

료기 시키는 서두르지도 않고 변함없는 보폭으로 왜건 차량을 향해 발을 놀렸다.

"헉, 어, 어떻——?!"

갑작스런 블랙아웃.

부조리한 격통. 불가사의한 현상.

혼란에 빠졌으면서도 폭탄마는 필사적으로 원격조작 스위치를 눌러 댔다.

그러나 폭약에 반응은 없었다. 신관에 이상이라도? 배선을 실수했나? 아니면 리모컨이 고장 났나? 아니, 어느 것 하나 있을 수 없다. 그렇게 되지 않도록 현실을 쌓아 왔다. 폭탄마가 마련한 미래는 무엇 하나 바뀌지 않았다.

다만—— 폭탄이, 그것들을 모두 무시한 우연으로, 작동하지 않았을 뿐. 그뿐이다.

"그럴, 리, 가——!"

머릿속을 휩쓰는 공황.

폭탄마 자신이 오랫동안 잊고 있었던 미지에 대한 두려움에
전율했다.

빛을 잃은 오른쪽 눈의 아픔에 견디다 못해 쿠라미츠 메루카
는 태아처럼 몸을 웅크렸다.

"토코도 자주 말했지. 너무 많이 알기 때문에 보이지 않게 된
다고. 들리냐, 폭탄마? 아무것도 안 보인다면 그쪽 눈은 필요
가 없겠지."

목소리가 들린다. 폭탄마는 남은 왼쪽 눈으로 어떻게든 퇴로
를 찾으려고 시야를 넓혔다. 하지만 당연하게도 그에게는 '도
망칠 수 있는 미래'가 전혀 보이지 않았다.

"단순한 예측이라면 쉽게 날 죽일 수 있었을지도 모르지만.
말할 필요도 없겠지. 네 경우엔 너무 확실하게 보였던 거야."

"크, 으윽……!"

발소리가 가깝다. 이제는 5미터도 떨어져 있지 않다.

왜건 차량 뒤로 돌아온 시점에서 그는 그녀에게 죽게 된다는

것을 깨달았다.

그런 건 미래시가 없어도 상상할 수 있는 확실한 결과니까.

"어째서, 어째서——!!"

죽는다는 것에 대한 공포는 별로 없었다. 그저 이 결말이 너무나도 의문투성이였다.

그는 계속 결말을 믿고 살아왔다. 결말에 속박되어 살아왔다. 그 절대적인 신앙, 도망칠 도리가 없는 저주가 왜 이제 와서—— 하필 지금 무너진단 말인가.

"왜 그 미래가 바뀌었지?!"

"바뀐 게 아니야. 원래부터 미래란 건 없어. 없는 것에 손을 댈 수는 없지."

—— 마술사는 말했다.

예측과 측정의 차이, 일어날 수 있는 미래의 가능성을 보는 것과, 일어날 미래를 한정해 버리는 것의 차이를. 미래를 자신의 의지로 결정짓는 미래**측정**은 미래**예측**을 웃도는 이능異能이다.

그러나──.

"미래란 건 애매하니까 **무적**인 거야. 하지만 말이지. 거기 형태가 있다면 망가지고 마는 것도 당연하잖아."

결정된 미래상은 이미 미지가 아니다.

형태가 있는 것이라면 죽음의 개념이 적용된다.

료기 시키에게 그것은 나선의 회전보다도 선명한 '죽일' 대상이 된다.

"우연에는 손을 댈 수 없지만 필연에는 손을 댈 수 있지. 그럼 잘 가라고, 폭탄마. 결과를 확실한 형태로 만든 시점에서 네 미래는 궁지에 몰렸던 거였어."

발소리가 그의 바로 곁에서 울렸다. 료기 시키는 당연한 포상이라는 양 나이프를 쳐들고 대형 차량 뒤에 숨어 있던 사냥감과 마주 서더니,

"──뭐야, 넌?"

이 결말은 예측하지 못했다고.

그녀는 몇 초 정도 어리둥절한 채, 폭탄마의 마지막 신음을 지켜보았다.

◇

8월 3일, 11시 50분.

입체주차장의 폭발사건은 5분 늦게 현실이 되었다.

흩뿌려진 쇠구슬은 주차한 자동차, 콘크리트 벽과 기둥을 무참하게 찢어 발겼지만 기적적으로 사망자는 나오지 않았다.

한 아버지가 가족을 감싸다 경상을 입고 열네 살짜리 아이가 중상을 입었지만, 달려온 구급차가 무사히 보호해 사건은 해결되었다.

이후 쿠라미츠 메루카라는 폭탄마가 나타나는 일은 없었고, 사고 현장에 기모노 차림의 소녀가 있었다는 기록도 없었다.

──그 후.

폭탄마와의 사건을 깔끔하게 기억에서 지우고 기분이 좋아졌던 료기 시키는 즉시 다른 언짢은 일의 씨앗을 발견하게 된다.

그녀가 약속장소에 들어가지 않고 땡볕 아래 가만히 밖에 서 있었던 이유는, 신이 아닌 범부凡夫는 알 도리가 없을 것이다.

5/

여름방학 마지막 날.

레이엔 여학원 기숙사에 돌아온 나를 나오미의 까만 머리가 맞아 주었다.

"어서 와~. 뭐 재미있는 일 있었어?"

나오미는 여느 때와 같은 나오미였다.

자신에게 일어난 개인적인 비극을 조금도 드러내지 않은 채, 소탈하고 께느른한 요즘 여고생다운 태도였다.

"재미난 일은 없었지만 새로운 일이라면 하나. 나 요번에 처음으로 실연이란 걸 경험했어."

에헴, 가슴을 폈다.

나오미는 희귀동물이라도 보는 듯한 눈을 했지만 이번만큼은 넘어가 주자.

"잠깐, 실연이라면 그 실연?! 세오, 너 친가에는 아빠랑 뭐 그런 사람들밖에 없다고 했잖아!"

"그게 말이지, 집에 돌아가기 전에 잠깐 만남이 있었거든. 아, CD 사 왔어. 지금 가져올까?"

"어——…… 아니, 미안. 다른 데서 입수해 버려서. 두 개 됐으니까 그건 너 줄게. 그보다 실연! 세오의 실연 얘기나 하자!"

피라니아처럼 꽉 물고 놓지를 않았다.

여자의 아름답고도 무서운 우정을 곱씹으며 나는 여름철의 추억을 재생했다.

미래시 운운하는 이야기는 감춰 놓고, 어떤 도시에서, 사소한 우연으로부터 알게 되어, 한 시간 동안 커피숍에서 함께 시간을 보냈던 까만 안경을 낀 오빠의 이야기였다.

사건의 시작부터 끝까지를 들은 나오미는 언짢다는 듯 한숨을 내쉬었다.

"어라, 재미없었어?"

"아니, 재밌었지만. 세오 너 말야, 이런 말하긴 뭣하지만, 그건 사랑이 아냐."

역시.

나는 그 말을 사흘 전부터 알고 있었다.

"나오미도 그렇게 생각해?"

"그려. 그건 그냥 동경. 아이돌에게 열을 올려서 꺅꺅 소란을 피워 대는 행복한 팬이라 이거지. 사랑이란 건 좀 더 뭐랄까, 막 나가고 꼴불견이고, 게다가 예측이 불가능하고, 앞길에는 충돌 아니면 골인밖에 없는 제트코스터 같은 거고, 솔직히 말해 아름다운 추억이라곤 하나도 남지 않는 그런 거라고……."

나보다도 소녀 회로 풀 스로틀인 연애관을 터뜨려 대는 나오미.

들을 것까지도 없이 나도 그럴 거라고 수긍했다.

그때의 감정은 정말 한순간의 연모였으며, 좋기는 좋았지만 그다음 일을 전혀 생각할 수 없는, 참으로 아이 같은 감동이었다.

하지만 나오미의 말대로 매우 행복한 시간이었다.

사랑까지는 아니었어도, 착각이었어도, 나는 그날의 한 시간을 실연으로 줄곧 기억하고자 결심했다.

"뭐, 상관없지만. 그런데 그 남자 어디 사는──."

나오미의 질문이 과거의 내 질문과 겹쳐졌다.

그날의 작별은 분명 그런 질문으로 시작되었다.

◇

"저기, 그런데 코쿠토 씨는 어디 태생이세요?"

"응? 중학교 고등학교 대학교 계속 이 도시였는데, 그건
왜?"

"아, 아뇨. 저도 잘 모르겠어요. 어쩐지 물어봐야 할 것 같
아서."

어째서인지 안도하는 나.

여느 때의 나쁜 버릇이 나오고 말았지만, 어쩌면 이것도
보다 확실한 미래를 보기 위한 조건 모으기가 아닐까.

──한편.

미키야 씨는 흘끔 창밖으로 눈을 돌렸다.

어스름한 커피숍과는 대조적인, 한여름의 햇살에 비춰진
빌딩가.

그곳에 조금 눈에 뜨이는 실루엣이 있었다. 기모노…… 명
주옷을 편안하게 입은 멋있는 오빠──가, 아니라.

／　／　／

피. 피. 피.

어마어마한 양의 젤리빈즈.

얼얼해질 정도의 타코 소스.

피투성이 금속과 피투성이 콘크리트와 피투성이 여자와 피
투성이 검은 옷.

／　／　／

"───."

지금까지 느껴 보지 못했던 강한 현기증에 현실의 시간감
각마저도 날아가고 말았다.

내 미래시가 정보처리에 따른 연산이라면, 저 기모노를 입
은 사람은 있기만 해도 쉽게 미래를 예측하게 하는 강렬한
팩터였다.

"시간이 많이 지났구나. 슬슬 나갈까."

미키야 씨는 시계를 보며 계산지를 집었다.

나는 지금 본 풍경이 무엇이었을지──아니, 애초에 너무
단편적이라 알아볼 수조차 없었다──를 필사적으로 꾹 삼
키고 현기증을 떨쳐 냈다.

"고, 고맙습니다."

인사를 하면서 위로 뜬 눈으로 미키야 씨를 바라본다.

자리를 뜨지 않는 나를 나무라지도 않은 채 미키야 씨는 그 뒷말을 기다리고 있었다.

나는 오늘의 마지막 용기를 쥐어 짜내,

"저……. 미래시는 드물지 않다고, 그런 지인이 있다고 말씀하셨는데요…… 그거 혹시 코쿠토 씨의 애인인가요?"

"네엑?!"

아주 멋들어지게 스스로 지뢰를 밟았던 것이다.

"어, 아니, 음, 글쎄."

놀라면서도 멋쩍은 표정의 미키야 씨. 그 시선은 창밖의 기모노 미녀를 의식하고 있었다.

하지만 충격은 내가 몇 배나 더 컸다.

아아, 바이바이 하트 브레이크. 너무나도 짧은 꿈이었군요. 왜냐면 저건 진짜 감당이 안 되니까요. 힘으로도 사랑의 승부로도, 백 번을 붙어 봤자 백한 번은 죽을 것 같은 차이인걸요.

"놀랐는걸. 혹시 보였니?"

멋쩍음을 감추려고 묻는 미키야 씨의 몸짓은── 뭐랄까, 여러 가지 의미에서 범죄적이었다.

점점 더 실망해 쓰러지고 싶었지만 지금은 그보다도 훨씬 중요한 일이 있다.

"아뇨, 어떤 분인지까지는 모르겠지만…… 음, 화내지 말고 들어 주세요.

……저기. 이대로 그분과 사귀면, 미키야 씨는 언젠가 목숨을 잃을 거예요."

"─────."

시간은 5초 정도.

나에게는 얼어붙은 것과도 같은 침묵.

미키야 씨는 어리둥절하면서도, 결코 웃어넘기지 않았다.

……나중에 생각해 보니, 내가 실연을 했다면 바로 이 순간 실연했던 것이리라.

미── 아니, 코쿠토 씨는 조용한 표정으로 내 미래시를 받아들였다.

"그렇구나. 고마워, 시즈네."

……이때 그의 표정을 나는 평생 잊지 못할 것이다……라고 하면 좀 과장이겠지만, 가능하다면 평생 잊고 싶지 않다.

왜냐면 조금 전까지의 설명도, 조언도, 이 웃음에는 당해낼 수가 없으니까.

이 사람은 내 미래시를 믿어 준 데다, 한층 더 강하게 자신의 미래를 믿는 것이다.

"하지만 자세한 내용은 묻지 않을게. 무섭지만, 들었다간 그 순간 소중한 일을 할 수 없게 될 것 같아서."

쓴웃음을 지으며 자리를 뜨는 까만 안경 오빠.

자신의 운명보다도, 그때 도망을 치는 것이 두렵다고 그는 말했다.

그 강함에 진심으로 존경과 동경을.

단 한 시간의 만남이었지만, 나에게는 그 무엇과도 바꿀 수 없는 인도引導였다.

이렇게 우리는 커피숍 앞에서 헤어졌다.

코쿠토 씨는 역으로 가는 나를 지켜본 후 커피숍 밖에서 기다리던 누군가에게 말을 걸었다.

　나는 그런 두 사람을 멀리서, 인파에 섞이며 지켜보고, 다시 한 번 고맙다고 중얼거린 다음 여름 도시를 떠났다.

　——이상이 여름의 전말.

　나는 여전히 미래를 보며, 갑작스럽게 찾아오는 자기혐오의 파도에 주눅 들면서 하루하루를 보낸다.

　무언가가 바뀌지도, 무언가가 해결되지도 않았지만 고민만은 최대한 회피했다.

　코쿠토 씨가 보여 준 미소처럼, 지금의 나를 믿지 않으면 행복한 미래는 찾아오지 않는다.

　미래시라는 반칙을 저지르는 나에게는 반칙을 하는 나름의 책무가 있는 것이 당연하다.

　그래도 이 눈을 싫어하지 않고 받아들여 준 것은 분명 누군가에게 좋은 일이 생기리라 믿었기 때문에. 그 바람대로 긍정적으로 해 나가자.

"그래서 말야, 수술을 해야 하니 머리는 박박 밀었는데 우리 바보 동생은 눈을 뜨자마자 거울을 들여다보곤 한다는 말이, 머리가 없으니까 쿨하지 않냐고, 그딴 헛소리를 하는 거야! 쿨은 개뿔이. 그냥 대머리지. 스킨헤드지! 우리 집안에 화성인은 필요 없다고 머리를 쥐어박았더니 또 상처가 벌어졌지 뭐야!"

어느새 동생 이야기로 넘어갔는지 나오미는 진심으로 씩씩거렸다.

……집에 돌아갈 때, 이 세상이 끝난 것 같던 표정을 지었던 그녀는 여객기 안에서 필사적으로 싸웠을 것이 분명하다.

미래에 대한 강한 기도. 기다리는 것이 움직일 수 없는 운명이라 해도 결코 미래를 비관하지 않았던 그녀의 강함이 이렇게 지난 일, 괴로웠던 과거를 '좋았던' 것으로 웃어넘기고 있다.

"나오미는 멋있구나."

"그치, 그치? 역시 귀여운 것보다 멋있는 게 좋지! 요즘 세상에 양갓집 규수니 우등생이니 그딴 건 짜증만 난다니깐. 앞으로는 쿨 뷰티의 시대야. 하지만 대머리는 안 돼!"

그렇게, 활기차던 나오미의 웃음소리가 뚝 그쳤다.

그녀의 시선은 내 뒤쪽으로. 조금 전까지 약간 떨어진 곳에 있던 신입생이 우리 테이블로 다가오고 있었다.

"──뭐야."

쯧, 혀를 차는 나오미.

조용히 해 달라느니 품위가 없다느니, 그런 주의사항이 날아올 거라고 적의를 드러내고 있었다. 하지만.

"아냐, 재미있어 보여서. 저기, 나도 끼워 줄 수 있을까?"

그 아이는 우리의 예상과는 달리 인사를 했던 것이다.

아연실색한 우리를 내버려 둔 채 반갑다며 극상의 미소를 날려 주는 1학년.

나오미는 입을 뻐끔거리며 말을 잇지 못했고, 나는 그 '양갓집 규수'라는 개념이 형태를 이룬 것 같은 소녀를 미래시했다.

"어머, 그쪽이 혹시 세오 양? 다행이다. 인사를 하러 갈 수고를 덜었네."

나는 나대로 나오미와는 다른 이유로 놀라 몇 번이나 눈을 깜박이고, 대체로 이해했다.

앞으로 1년—— 아니, 좀 더 오래.

나는 이 소녀와 같은 방을 쓰게 되고, 파란만장한 학원생활을 보낼 것이다.

아마도 마음이 맞지 않으리라 생각했던 그녀에 대한 인상은 겨우 1초 만에 뒤집어졌다.

앞으로 굳은 우정을 맹세할 룸메이트.

언젠가 레이엔의 정점에 설, 친애하는 악우惡友와의 만남은 여름방학 마지막 밤에 이루어졌다.

참고로.

"그런데 코쿠토는 어디 태생이야?"

그런 질문을 했던 것을 그녀는 언제까지고 이상하게 생각하게 된다.

우연히 성姓이 같은 걸까, 하고 가슴을 쓸어내렸던 나의 착각이 옳았다는 것은 한참 후의 미래——.

미래복음 서(序)　Möbius link

†

또 무더운 여름이 찾아왔다.

나는 4층 건물 옥상에서 무료하게 시내를 내려다보고 있었다.

올해는 여름이 늦게 찾아와 전에 없던 서늘한 여름이 될 거라더니, 막상 뚜껑을 열어 보자 이렇게 매일 최고기온을 갱신하는 무더위가 되었다.

내리쬐는 햇살은 섬광탄처럼 안구를 깎아 대고 노면에서 솟아나는 열기는 콧구멍을 찌르는 머스크 향 같다.

사하라 사막 같은 현대의 여름. 열사熱砂 위에는 견고한 건물의 무리, 피로를 모르는 대상隊商, 소의 시체와도 같은 시대착오적인 유물이 뿔뿔이 흩어져 있다.

물론 건물들은 사상누각이라고 할 만큼 무르지 않으며, 대부분은 지난 10년 동안 끈덕지게 살아남았다. 썩어 버린 건물도 있지만 그런 것들에게는 뜻을 못다 이루고 끝났다 해도 만족스러운 시간이 있었음을 기도할 수밖에.

끝은 무엇에나 찾아온다. 어떤 관점에서도 근본을 따지면 끝이 슬프다는 사실은 뒤집을 수 없다. 그 안에서 새로이 태어난 것이 있다면 뒤를 이을 우리에게도 두통약 정도이기는 하지만 소소한 격려가 되겠지.

등등.

담배를 입에 문 채 어울리지도 않는 상념에 잠겨 본다.

평화로운 점심시간을 망쳐 버리는 잡념이다. 매우 멋대가리 없지만 서정적인 사고 작용 또한 업무의 일환이니 어쩔 수 없다.

내가 선 건물 옥상은 낮지도 않지만 그리 높지도 않다.

일반 가옥을 내려다보기는 해도 지난 몇 년 동안 세워진 건물들에 비하면 무릎에도 미치지 못한다.

아니, 애초에 제대로 된 건물조차 아니다.

일반적으로 보면 폐건물, 불량채권.

듣자 하니 건축공사가 도중에 중단된 것이라고 하며, 기공은 1992년, 중단은 이듬해인 93년. 오랫동안 건축 도중이었던 5층은 이제는 훌륭한 옥상으로 기능을 하고 있다.

예전에 이 폐건물을 사용하던 사람이 손을 보았다고 한다. 얼굴도 이름도 모르지만 도를 넘어선 괴짜스러움이 고마웠다.

"──, 윽."

문득 시선을 들었다가 새하얀 햇살에 현기증을 느꼈다.

내 시야는 절반밖에 없다. 어렸을 때 사고로 오른쪽 눈의 시력을 잃었는데 다행히 왼쪽 눈만 가지고도 별 어려움 없이 살고 있다.

심호흡을 해 현기증에서 회복했다.

녹슨 펜스에 기대, 입가심처럼 거리의 풍경을 내려다본다.

높이는 약 15미터. 부감이라고 할 만한 절경은 아니지만 거리의 양상을 바라보기에는 충분한 높이다.

지상에서는 볼 수 없는, 상상도 할 수 없는 시내의 얼굴이 여기 있다.

이를테면 20미터 정도 떨어진 한 모퉁이의 일반 가옥.

낡은, 쇼와* 시절부터 살아남은 2층짜리 집이다.

※쇼와(昭和) : 일본의 연호. 1926년~1989년을 말한다.

이것이 사실은 3층 건물이며, 아래에서는 지붕밖에 보이지 않는 부분에 두 평쯤 되는 공중정원이 있다. 기와지붕 위에 녹음으로 넘쳐 나는 정원이 있다니 부럽다. 맑은 날이면 어김없이 빨래를 넌다. 아마 내가 태어나기 전부터 이어져 온 일과일 것이다.

그런 일본 가옥의 바로 옆에 선 10층짜리 빌딩은 이 높이에서 보면 옥상의 양상이 약간 눈에 들어온다. 오피스 빌딩이라지만 옥상은 폐쇄된 것 같았다.

구불구불한 비상계단이 유일한 교통수단이지만 유감스럽게도 철책을 쳐 놓았다. 저 건물에서 일하는 사람들은 저만한 절경을 가까이 두고 있으면서도 발을 들이기는커녕 존재조차 마음에 두지 않는다.

다시 시선을 옮기면 어디에도 출구가 없는 골목길을 발견할 수 있다. 집과 집 틈새를 가로지르는, 근처 주민들밖에 사용하지 않는, 누구도 알 도리가 없는 골목길이다.

골목길에서 앞길로 나오면 5년 정도 전에 지어진 주차장이 있다.

한때는 골목으로 기능을 했던 것은 지금은 토마슨*이 되어 버렸나…… 생각했더니, 자세히 보면 사람 하나가 간신히 지날 만한 공간이 있다. 저래서는 매일 저 길을 사용하는 우리도 주차장 안에 샛길이 있다는 사실을 깨닫지 못할 것이다.

그런 모든 것들이 거리의 얼굴, 나 외에 다른 사람들의, 확실한 생활의 증거다.

자신의 생활을 따라가면 발견할 수 없는 그런 연결고리와 넓이를 이 높이에서는 아주 조금 엿볼 수 있다.

도심의 소란 속에 있어도 거리에 사는 사람들의 생활은 변함이 없다.

사회의 모럴이 향상되고 개인의 모럴이 떨어진다고 하는 작금이지만, 다들 자신의 생활을 살아간다는 한 가지는 변함이 없다.

잡다하지만 애교로 넘쳐 나는 도시.

악의는 있지만 그보다도 많은 선의로 돌아가는 소박한 생활.

※토마슨(Tomason) : 전위미술가 아카세가와 겐페이가 주창한 예술 개념. 건물 같은 부동산에 남아 있는, 아무런 기능이 없는 자취지만 예술성을 가진 것들을 말한다. 길이 없는 곳에 뚫린 문, 전선만 철거되고 남은 철탑 등 여러 종류가 있다.

그런 범용한 하루를 막연히 바라보는 것이 나의 유일한 취미다.

이제는 미래를 볼 수도, 미래를 비관할 수도 없다.

과거도 미래도, 현재에서 보자면 먼 다른 세상의 이야기일 뿐이다. 신이 아닌 몸으로서는 그런 것들에 생각을 굴리는 것만도 벅차다.

"그건 그렇다 쳐도."

덥다. 10분 정도 기분 전환할 생각으로 옥상에 올라왔는데, 휴식이 지나쳤다.

계단을 내려가 4층의 사무실로 향했다.

여름 햇살 덕에 병원처럼 밝은 건물 복도에는 소녀의 목소리가 울리고 있었다.

"그래서 그는 오리가 박사에게서 도망치기로 했습니다. 도착한 곳은 한밤의 축제. 제등과 불꽃이 빛나고 벚꽃이 흩어지는, 봄철의 마을을 만난 것입니다."

목소리는 사무실에서 들려왔다. 낭독의 내용이 귀에 익다. 책꽂이에 있던 자비출판 서적이 꽤나 그 소녀의 마음에 든 것 같았다.

"특별히 인간을 동경했던 것은 아니었습니다.

그저 너무나도 마을이 잡다하고 현란해서.

자신 같은 외톨이가 한 사람 있어 봤자 아무도 신경을 쓰지는 않을 거라고."

유별난 취향이다. 그녀가 낭독하는 것은 특히 인기가 없었던 단편이었다.

그가 쓴 책은 대체로 아이들 이야기였다. 그거야 그림책이었으므로 당연하지만, 절반은 아이들을 무시하는 내용이었다.

이 단편도 그런 것 중 하나. 무대는 공상이 섞인 에도의 마을이며 난학* 박사의 손에서 도망친 사내가 사람들에게 뒤섞여 생활하는 이야기였다.

이상한 점은 그 사내가 인간이 아닌 로봇이라는 점. 로봇은 누가 봐도 로봇이며 얼굴은 진공관에 구멍을 뚫어 눈과 입을 표현해 놓았다. 간신히 의인화가 성립된 캐릭터지만 이것이 참으로 단순하기에 기억에 남았다.

로봇은 인간 흉내를 내며 마을에서 생활해 나갔다.

인간이 되고 싶다는 마음이 생겨났던 것은 아니다.

어두운 연구실밖에 모르던 로봇은 마을의 아름다움을 동경했다. 순서가 반대인 것이다. 단순히 인간이 되면 마을에 있을 수 있기 때문에 인간 흉내를 냈다.

하지만 몇 년이 지나.

"기묘한 비유지만. 나는 기록하는 잉크와도 같다."

로봇에게는 아무에게도 말할 수 없는 고민의 씨앗이 생겨나고 말았다.

인간다운 마음은 손에 넣었지만, 도저히 인간의 몸만은 얻

※난학(蘭學) : 에도시대에 전해진 서양 문물을 배우는 학문.

지 못했다.

얼굴이나 손발은 위장할 수 있어도, 눈물이나 피 같은 기능을 갖춘 것은 아니었다.

"또 봄철 폭풍이 왔다.
흩어지는 벚꽃과 경쟁하듯 밤하늘에는 커다란 꽃."

더욱 이상하게도, 이야기에서 축제는 봄철에 치러진다. 일본인이라면 불꽃놀이는 척수반사로 여름을 떠올릴 텐데, 그는 봄이야말로 불꽃놀이가 어울린다고 생각했던 모양이다.

로봇이 마을에 찾아온 것과 같은 밤.

사람으로 붐비던 다리 위에서 불꽃을 올려다보던 로봇은 부주의하게도 인파에 떠밀려 강에 빠지고 만다.

여기서 갑작스럽지만 로봇은 물이 약점이고 닿기만 해도 망가지는 구조였음이 드러난다. 모든 기능이 다운되고 위장했던 껍질도 녹고 말았다.

강에 빠진 로봇은 합선을 일으키면서도 열심히 얼굴을 가렸다.

"기껏 봄이 됐는데.

어떡하지, 쫓겨나겠어.

어떡하지, 사람들이 무서워하겠어."

마을에서 계속 살 것도 아니면서, 마을에 사는 사람들을 생각해 로봇은 얼굴을 가렸다.

다리 위에서는 그를 발견한 사람들의 비명이 들렸다.

이웃이었던 사람들이 손가락질을 하며 고함을 지른다.

"아아. 나는 괴물이구나."

몇 년 만에 로봇은 떠올렸다.

모든 것이 꿈이었으며, 잘 해 나가고 있었는데, 처음부터 끝까지 결국은 외톨이. 강에 가라앉으며 물에 잠겨드는 시야 속에서 사람들로 붐비는 다리를 보며,

"마지막으로. 사내의 눈에서는. 한 줄기 눈물이."

그것이 이야기의 끝이었다.

목소리가 끊어졌다. 책을 다 읽은 후 생겨난 약간의 공백.
내버려 두면 다음 이야기로 넘어갈지도 모른다. 헛기침도 노
크도 하지 않고 사무실 문을 열었다.

"아, 미츠루ミツル 아저씨 있었네요. 난 자리 비운 줄 알았
지."

손에 든 책을 책꽂이에 꽂으며 하얀 소녀가 이쪽을 돌아본
다.

"비울 거면 문을 잠갔겠지. 옥상에 있었어."

"그랬구나. 손해 봤네. 나도 갔으면 좋았을걸."

주눅 드는 기색도 없이 소녀는 꽃처럼 웃었다.

블라인드를 쳐 놓은 어스름한 사무실. 그곳에 기적 같은
모습이 있었다.

나이는 분명 열 살 정도. 물에 젖은 듯한 긴 흑발. 어린아
이 특유의 사랑스러움을 가졌으면서 어른스러운 이성의 빛
을 가진 푸른 눈동자. 요즘 세상에는 전혀 유행하지 않는 고
급 지향 블라우스도 유행에 좌우되지 않는 보편적인 고결함

을 띤다.

"———."

조금 전 이야기에 나온 로봇은 아니지만 한순간 아찔해져 눈을 의심했다.

어떤 의미에서 이 소녀는 마魔적인 존재였다.

소녀의 앞에서는 모두가 장래를 기대하면서 영원히 이대로 있어 주기를 바랄 것이 분명하다——.

"——뭐, 그런 표현은 어떨까. 네 소악마 같은 모습을 감추면서도 여실히 드러내고 있다고 생각하는데."

"즉흥치고는 괜찮은걸요. 하지만 마지막 말은 사족이라고 생각해요. 듣는 사람에 따라서는 미츠루 아저씨의 성벽性癖을 의심하겠어요."

티 없는, 진심으로 대화를 즐기는 듯한 소녀의 얼굴.

"문제없어. 딱히 의심받아 찔릴 구석은 없으니까."

아무렇게나 대답하며 자신의 책상으로 향한다.

아무리 아름다워도 이 소녀는 나에게 재앙의 씨앗이다. 허락만 된다면 목덜미를 잡아 들어 고양이처럼 창문 밖으로 던졌을 것이다.

"쳇. 미츠루 아저씨는 오늘도 저기압이네요. 기껏 학원 빼먹고 들렀는데, 재미없어. 또 돈이 궁할 것 같아 일거리도 가져왔는데."

소녀는 약간 불만스럽다는 투로 입술을 비죽거렸지만 머리를 끌어안고 싶은 것은 나다.

"……믿을 수가 없군. 여기 무단으로 오지 말라고도 했고, 학원 빠져나오는 것도 민폐를 넘어 살인 수준이라는 말도 했을 텐데. 어렴풋이 알고는 있었다만 그렇게 날 죽이고 싶나, 마나ㅋ+ 아가씨는?"

"네? 어머나, 왜 그리 아까운 짓을 하겠사와요. 그보다 미츠루 아저씨, 저는 아가씨라는 말은 좋지 못하다고 생각해요. 보호대상이라는 느낌이 들어서 갑갑하니까요. 특히 미츠루 아저씨가 말씀하실 때는 미묘하게 악의랄까, 이 이상은 친해지지 않겠다는 가시가 느껴지는걸요. ──이건 명령이에요. 초면이었을 때처럼 마나 군이라고 불러 주시어요."

"…………."

더할 나위 없을 만큼 시대착오적인 아가씨 말투에, 하나에서 열까지 놀림을 받고 있는 것은 아닐까 하는 생각이 들어

한층 우울해졌다.

"미안하지만 도저히 같이 못 놀고 있겠다. 지금이라도 늦지 않았으니 냉큼 집에 돌아가 줘, 마나. 열 살짜리 아이에게 혹사당하는 취미는 없으니."

쉭쉭 손짓을 하며 으름장을 놓아 보지만 소녀는 더더욱 밝은 표정을 지었다.

"응응. 미츠루 아저씨의 좋은 점은 대사도 몸짓도 양아치 같다는 점이에요. 전 허울 없는 말을 좋아하거든요. 그림책 작가 치고는 감수성이 부족하다는 생각도 들지만."

그거야말로 쓸데없는 참견이다. 내버려 뒀으면 좋겠다.

이야기가 반복되지만 나, 카메쿠라 미츠루瓶倉光溜는 그림책 작가다.

올해로 스물여섯, 아직 신인일 뿐이지만 어째서인지 잡지사에서 잘 봐준 덕에 책도 몇 권 냈다. 그것도 다 이 사무실을 쓰던 먼젓번 주인의 공적이지만, 그런 인연까지 모조리 물려받은 것이 현재 상황이다.

"하지만 『흡혈귀의 눈물』은 명작이었어요. 미츠루 아저씨는 처녀작에서 다 불타 버리는 타입일까……. 두 번째 작품인 『잔광殘光 케이지』는 자원낭비 수준이었고……."

고혹적으로 입술에 손가락을 가져다 대며 책장을 물색하는 소녀.

『흡혈귀의 눈물』이란 조금 전 소녀가 낭독했던 단편의 타이틀이며 내 명의로 나온 데뷔작이기도 하다. 내 목숨을 구해 준 책이고, 소녀와 알게 된 원인이기도 하다.

……지금으로부터 2년 전. 이 대여 사무소의 집세며 생활비로 나는 빚 내기를 거듭해 마침내 채권자에게 쫓기게 되었다.

문제는 채권자들의 책임자가 이 부근의 유지──주로 폭력단 관계자──라는 점이었다. 그 이름만 듣고 나는 벌벌 떨었으며, 이젠 어선이든 해양유전채굴이든 좋으니 한시라도 빨리 시내를 벗어나고픈 마음으로 가득했다. 그런 궁지에 나타나 준 것이 이 소녀였다.

'카메쿠라 선생님이시죠? 뵙게 되어 영광이에요.' 책을 손에 들고 그렇게 끼어들고, 악마 같던 검은 정장 청년들은 퇴장.

살았다고 안도한 직후, 악마들을 능가하는 염라대왕 같은 보스가 나타났고, 이러저러해서 그들의 일원이 되어 목숨은 건졌던 것이다.

'마침 잘 됐군. 우리 전속 흥신소가 필요했는데. 네가 거기 소장을 맡아. 그런 거 잘 하지? 뭐? 그림책 일이 있다고? 으음. 뭐, 그 정도야 괜찮지 않겠어? 나도 악마는 아니야. 부업 정도는 허락해 주지.'

이리하여 나는 그림책 작가를 하면서 흥신소——소설풍으로 말하자면 탐정업이다——를 경영하는 절조 없는 인종이 되고 말았다.

이 소녀는 내 생명의 은인이며 빅 보스의 외동딸이다.

그러므로 싫어하는 것은 아니지만, 필요 이상으로 친해져도 문제가 된다.

내 사무실에 드나드는 것은 호기심이나 집에서의 답답함이 함께 맞물린, 한때의 열병이었으면 좋겠는데.

"그보다 마나. 아까 말한, 조직에서 온 일이란 건 뭐냐?"

이곳으로 오는 일은 대체로 흥신소라는 이름에 부끄럽지

않은 꾸준한 노력과 불법 일보 직전의 밀착행위에 의한 소행 조사였다.

드물게 그 두목의 짓궂은 성격을 드러내 주는 어려운 사건도 섞여 있지만, 대부분은 온건하게 끝낼 수 있는 일이다. 소녀가 가져온 일은 그 중간쯤 되는 모양이었다.

그들이 치안을 지켜 주는——그렇게 자주적으로 주장한다——지역에 수상쩍은 사람이 출몰한다는 것이다. 그 인물을 조사하고, 위험인물이라고 판단되면 즉시 물러날 것을 요구하라는 내용이었다.

"……골목에 출몰하는 밀매꾼 같은 건가? 위험한 밀매꾼은 아니겠지? 자랑은 아니지만 힘쓰는 일은 못 해, 난."

"그런 사람은 아니라던걸요. 평범한, 잘 안 팔리는 점쟁이인가 봐요. 옛날에 신세를 진 사람이니 너무 거칠게는 하지 말고, 마지막까지 봐달라고 해요."

그렇군. 나에게 떠넘긴 것은 폭력행위를 피하고 싶어서였나.

하지만——.

"이 주소에서 점을 본다고……?"

10년 정도 된 기억을 더듬는다.

미후네 남쪽의 번화가. 점쟁이.

마나에게서 건네받은 자료에는 그녀의 옛날 사진과 특징이 열거되어 있었다.

"……어이가 없군. 이 할멈, 아직 살아 있어?"

"네? 미츠루 아저씨, 아는 사람이에요?"

"아주 옛날에 말이지. 그 무렵에는 잘 맞는 점쟁이로 유명했는데, 요즘에는 소식을 못 들었거든. 난 죽은 줄로만 알았는데──."

아직 **능력**은 현역인 모양이다.

아니……, 그렇다 쳐도 체력은 쇠했겠지.

그로부터 10년도 넘게 지났다. 올해로 일흔 가까이 됐을 터. 시내의 골목 점쟁이는 힘들 텐데, 아직도 남의 운명에 손을 대고 싶은 모양이다.

"어머나. 이분은 미래를 맞히는 게 특기라고 하네요……. 사실인가요?"

자료를 보며 놀라는 마나.

반신반의라기보다는 '미래를 맞힌다'는 말의 뜻을 받아들이기 힘들어하는 얼굴이었다.

"그래. 대부분의 미래시는 가짜지만 그 할멈은 진짜였어. 정보처리니 행동을 쌓아 나가는 것하고는 관계가 없는, 더할 나위 없는 예언자지. 뭐, 아무런 정보도 없이 상대의 미래를 맞히니 말이야."

암만 들어도 수상쩍은 말일 텐데, 소녀는 의심도 하지 않고 눈을 빛냈다.

……경솔함에 두통을 느꼈지만 이미 엎질러진 물이었다.

내 말에 흥미를 보인 그녀가 앞으로 어떤 행동을 보일지는 생각할 필요도 없다.

밤이 되기를 기다려 나는 일을 정리하기로 했다.

미후네 남쪽은 옛날부터 번화가였다. 지난 10년 동안 크게 바뀌지는 않았다. 기껏해야 파칭코 가게의 인테리어가 더 청결하게, 누구나 놀기 편하도록 위장을 다져 놓은 정도.

"놀랍네요. 어른들은 다들 밤샘을 좋아하나 봐요."

곁에서 따라오는 소녀는 춤을 추는 듯한 스텝으로 밤거리를 관찰했다.

오후 11시 전. 소녀의 부모에게는 연락을 해 두었으므로 유괴 소동은 벌어지지 않겠지만, 나중에 스즈리기 아키타카硯木秋隆 씨에게 야단을 맞을 것은 분명했다.

사정이 있다고는 해도 이래서는 밤샘이 아니라 밤놀이나 마찬가지다. 마나의 교육 담당으로서 쓴소리를 하는 것이 그의 역할이다.

"마나, 이쪽이야. 이제부터는 어두운 곳으로 가야 하니 내 곁에서 떨어지지 마."

소녀에게 주의를 주고 좁은 골목으로 들어갔다.

좁고 어둡고 긴 통로 너머에 어렴풋한 램프 불빛이 보였다. 신전의 제단 같다. 이 열대야 속에서 점쟁이는 두꺼운 까만색 로브 차림으로 손님을 기다리고 있었다.

"어서 오시오. 잠깐 들렀다 가지 않겠나, 총각?"

들르고 자시고, 이곳은 막다른 골목길이다. 지나갈 수가 없다.

"네! 저요, 저요, 저요! 안녕하세요, 점술사님! 저기, 미성
년자도 봐 주시나요?"

"아니. 우락부락한 아저씨인가 했더니 귀여운 목소리가 들
리네. 이거 기쁜걸, 오랜만의 손님이 이렇게 귀여운 아이라
니! 좋지, 좋아. 그래서 알고 싶은 운세는 뭐지? 사양할 거
없다. 누구든 여자아이라면 무료거든."

"고맙습니다. 그러면 저랑 아빠의 연애운을 점쳐 주시겠어
요?"

마나는 천진난만하게 점쟁이와 마주 섰다. 점쟁이는 마음
에 들었다는 듯 수정구를 들여다본다. 수십 년을 해 왔던 동
작이지만 나이에서 묻어나는 피로가 엿보였다. 약간 늙었구
나. 점쟁이의 시력은 상당히 떨어졌다. 아마 눈앞에 있는 소
녀의 모습조차 애매할 것이다.

"어라. 점을 칠 것까지도 없겠어. 서로 좋아하는 사이야,
아가씨. 아가씨는 충분히 사랑받고 있어. 더 이상 깊이 보기

는 좀 어렵겠지만. 윤리적으로."

윤리적으로라고?

"네. 언젠가 엄마를 쓰러뜨리고 아빠를 되찾는 게 제 목표거든요."

소녀는 해바라기 같은 웃음으로 머리가 지끈거리는 농담을 했다. 대화는 전혀 성립되지 않았지만 점쟁이는 기분이 좋았다. 정말로 오랜만에 온 손님인 모양이었다.

"미후네의 어머니도 땅에 떨어졌구먼. 불행한 미래를 회피하고 자시고 할 시대가 아니란 말인가."

현대에서는 불행이 아닌 미래 그 자체가 품귀현상이다.

아무리 노파가 미래를 본다 한들, 애초에 행복한 미래가 품절이라면 요즘 손님들은 만족하지 못할 것이다.

"응? 누군가 했더니 이거 오랜만인걸. 같은 업계 분 아니신가. 아니, 같은 업계였다고 해야 하려나."

노파는 눈을 가늘게 뜨며 나를 보았다.

……땅에 떨어졌다니, 무슨 헛소리를. 늙은 시력으로 이 어둠 속에서는 내 얼굴조차 볼 수 없을 텐데, 그런 것까지 읽어내다니.

그렇다. 노파의 말대로 나는 이미,

"아니, 당신 말고. 내 이야기야. 이젠 나이를 먹었거든. 남의 미래 같은 건 이미 보이지 않아서 말이지. 자네가 비아냥거린 말이 옳아. 미후네의 어머니는 죽은 거나 다름없어."

"네? 미래가 보이지 않아요?"

마나는 유감스러워하는 것 같……지는 않고, 이상하다는 듯 노파의 얼굴을 들여다본다.

"그래, 이제는 안 보인단다. 밝은 건 아무것도. 하지만 그건 그거대로 좋아. 이제야 겨우 편하게 어깨의 짐을 내려놓을 수 있거든. 그런데 그렇게 했더니 반대로 과거만 보이게 되고 말았지 뭐냐. 나 원, 무슨 인과응보인지."

미래를 보는 이상 과거를 아는 것은 당연한 능력이리라.

하지만 그것이 사실이라면 공연히 우울해지는 이야기였다. 과거가 보인다고 선전해 봤자 손님이 뜸한 것은, 그 재능을 아무도 원하지 않기 때문이다.

어두운 미래를, 변변찮은 과거를 보고 싶어 하는 사람은 아무도 없다.

"지난 10년 동안 그런 시대가 됐지. 할멈, 당신의 점은 이젠 유행 지났어. 서운한 소리 하는 거 아니니 그만 접지 그래? 항의도 들어오고 있고. 당신은 뭐랄까——."

시대의 흐름에서 낙오되었다.

순수한 희망에 가치를 보는 낭만은 어느샌가 사라지고 만 것이다.

"허어. 그런 자네는 어떤가? 지난 10년 동안 바뀌었나?"

나? 나는——글쎄.

바뀐 건 있다. 하지만 그것은 어디까지나 기능 중 하나가 사라진 것뿐.

나는 지난 10년 동안. 아니, 정확히는 12년 동안. 바로 그 인간 흉내를 내던 로봇처럼 도시 생활에 녹아들고 있었던 것뿐 아닐까.

얻기 힘든 벗을 만나고, 잃어, 그의 뒤를 잇기는 했지만, 유일한 독자에게는 매일같이 퇴짜를 맞고 있다.

"······하긴. 한심하게도 그리 바뀐 건 없지. 자원 낭비야. 당신은 그렇다 쳐도 난 유해하지도 않은, 어정쩡한 양아치 그대로지."

어느 날. 느닷없이 더 이상은 로봇이 아닌 것 같다는 기분이 들었지만 타고난 나 자신이 바뀐 것은 아니었다. 내게 일어난 변화, 내 인생에 일어난 변화는 주위에 폐를 끼치는가 아닌가의 차이일 뿐, 아직까지 무언가를 준 적은 없다.

"그렇지 않아요. 미츠루 아저씨는 좋은 사람이에요. 좀 더 자신을 가지세요."

진지한 얼굴로 나를 규탄하는 소녀.

"······그건 영광이지만, 무슨 근거로?"

여느 때 같으면 흘려들었을 만한 말이지만 이 상황이 그렇게 만들었는지, 무언가를 기대하고 되물었다.

"뭐긴요. 미츠루 아저씨는 아빠랑 닮았으니까요. 촌스러운 것부터 시작해서, 오른쪽 눈이 안 보이는 거랑, 여자에게 약한 것까지. 전 그런 사람을 부려 먹는 게 주특기라고요."

"················."

아하하하하. 참지 못하고 폭소하는 점쟁이.

나는 뭐라 형언할 수 없는 허무함을 흘려 넘기는 것이 고작이었다.

"너무 웃는 거 아뇨, 할멈. 나이가 나이니 몸을 생각해야지."

점쟁이는 여전히 깔깔 웃어 댔다.

그 폭거는 1분 정도 후에야 그쳤다. 만족한 걸까, 아니면 복근에 쥐라도 난 걸까. 부디 전자이기를 바란다.

"헉, 헉, 하아——. 야, 참 오래 살고 볼 일이구먼. 그 애송이가 참으로 사람답게 변했는걸! ……그래, 그렇단 말이지. 자네, 좋은 10년을 보냈구먼."

……글쎄. 10년 전은 고사하고 1년 전도 확실하지 않은데.

좋은 일과 나쁜 일만은 소중히, 어제 일처럼 담아 두었지만.

"아무튼. 할멈이 여기서 장사를 하면 폐가 된다고. 다음에는 무서운 친구들이 올 거야. 그 전에 은거하는 게 좋을걸. 애초에 당신, 돈이 궁한 것도 아니잖아. 옛날부터 거저 봐 줬으니까."

"쓸데없는 참견이야. 난 자네가 태어나기도 전부터 이 일로 먹고살았어. 폐를 끼치든 말든, 손님이 있든 없든, 마지막까지 할 뿐이지."

설득은 실패였다. 이 점쟁이가 남의 말을…… 그것도 내 말을 들을 리가 없는 것이다.

성과는 없었지만 의뢰를 받은 만큼 할 일은 했다.

나머지는 조직의 영역이다. 실력행사로 퇴거시키는 것은 그들의 주특기일 테고.

"가자, 마나. 이제 애들은 잘 시간이야."

소녀에게 말했다.

"잠깐요. 한 가지 이상한 이야기를 들은 것 같은데요. 할머님은 자신을 죽은 거나 마찬가지라고 했지요. 이제 미후네의 어머니는 없다고. 그런데 왜 점을 계속 치시나요? 미래를 보지 않아서 겨우 편해졌는데."

소녀의 말에 점쟁이는 비아냥거리듯 입가를 일그러뜨렸다.

쓴웃음인 것 같기도 하고 향수鄕愁인 것 같기도 한 표정.

노파는 피곤한 목소리로,

"왜 그럴까. 듣고 보니 힘든 일밖에 없었는데. 내 인생이란 미래에게 먹혀서 손에 남은 건 아무것도 없었는데…… 글쎄.

이런 건 남에게 도움이 되는 것 말고는 쓸모도 없으니 말이지."

소소한 기노처럼, 스스로 바라는 인생을 입에 담는다.

"＿＿＿＿."

힘없는, 그러나 금지로 가득한 목소리.

······과거, 그 소녀는 내 인생을 바꿔 버렸다.

그 덕에, 규정되었던, 눈에 보이는 미래에서 해방되었다.

대신 얻은 것은 실패투성이 인생이었지만, 그래도 남은 것은 있었다.

이 노파에게는 그런 만남조차 없었지만, 그 안에서 자신이 옳다고 생각한 역할에 종사했던 것일까.

"저기요, 미츠루 아저씨. 부탁이 있어요."

생긋, 천상의 미소를 지으며 소녀가 나를 보았다. 부아가 치밀기는 하지만 이 웃음에는 거역할 수 없다.

"······얘기만이라도 들어 보지. 말해 봐라."

"전 점술사님 일이 훌륭하다고 생각해요. 미후네의 어머니는 이 도시에 필요해요. 아니, 난 이 할머님이 참 좋아요."

"아무나 가리지 않고 좋아하는 건 네 나쁜 버릇이야. ······

그래서? 그럼 어떻게 하라고?"

"알면서 되묻는 건 미츠루 아저씨의 나쁜 버릇이죠. ──그래도 말로 해 주길 원해요?"

"……됐어. 말로 들으면 더 마음이 무거워지니까."

마나의 어머니를 속이는…… 것은 불가능하므로, 죽을 각오로 설득한다.

그것만이 아니다. 번성까지는 가지 않더라도 이 노파를 점쟁이로서 띄워 준다. 마지막까지 뒤를 봐준다는 것은 그런 일이다.

"……문제는 산처럼 많아. 애초에 할멈이 승낙할지 어떨지도 모르고."

"내 사정은 생각하지 말게. 난 하고 싶은 대로 할 뿐이니."

"보세요, 할머님도 의욕이 넘치시잖아요. 재미없는 문제 같은 건 안경 낀 미츠루 아저씨라면 해결해 줄 수 있죠? 아니면 그때는 쿠라미츠라 부르는 게 나을까요?"

"──넌."

지끈지끈 아파 오는 미간에 손가락을 가져갔다.

그 이름은 별로 입에 담지 않았으면 좋겠다.

10년도 더 된 이야기다.

성공하는 미래가 보이기 때문에 그 미래밖에 선택할 수 없는 사람이 있었다.

자신이 현재를 살아가는 것인지, 미래를 위해 살아가는 것인지 알 수 없게 된 사내는 언제부터인가 자신을 위해서가 아니라 자신의 미래에 봉사하는 노예가 되었다. 의지가 없는 기계. 미래라는, 정해진 명령만 실행하던 로봇이었다.

사내는 기계적인 폭탄마가 되어 5년 정도 푼돈을 번 후, 어떤 살인귀에게 살해당했다.

폭탄마…… 쿠라미츠 메루카라는 이름을 쓰던 사내는 분명 그곳에서 죽었다. 자신을 속박하던 미래가, 오른쪽 눈과 함께 양단되어.

폭탄마는 패배했고, 눈앞에 밀려든 죽음에 떨었다.

살인귀는 격통에 몸을 움츠린 폭탄마를 가차 없이 죽이려 했으며── 모습을 보고는 모든 흥미를 잃더니, 변덕스러운 고양이처럼 떠나갔다.

……그녀에게는 맥이 빠지는 일이었을 것이다. 사실 쿠라

미츠 메루카라는 사내는 너무나도 나약했으니까.

살인귀는 떠나가고, 남은 폭탄마는 병원으로 실려 갔다.

그것이 12년 전 이야기다.

입체주차장에서 일어났던 폭파사건의 피해자는 두 명.

한 사람은 가족을 지키고 경상을 입었던 남성.

또 한 사람은, 폭발에 휘말리지는 않았지만 어째서인지 오른쪽 눈에 부상을 입고 **시력을 잃어버린 열네 살짜리 아이였다.**

……여담이지만. 쿠라미츠 메루카라는 가명은 우연히 본 만화에서 나온 어떤 악당의 이름이었다. 가명이라고는 하지만 자신의 이름을 뒤섞은 아나그램을 사용하면서 최소한의 아이덴티티를 유지하고 싶었던 것이리라.

그런 쿠라미츠 메루카는 이미 없다.

미래는 이제 보이지 않는다.

지금의 나는 인간답게, 한때의 미래시 흉내를 낼 뿐.

"──아무튼. 뭔가를 부수는 것보다는 의욕이 있는 조합이다만."

심통을 내며 중얼거린다.

소녀는 신뢰로 가득한 미소를 지으며 내 손을 잡았다.

"그럼 결정 났네요! 안심하세요, 할머님. 아직 패기가 부족하지만 미츠루 아저씨는 일단 배 째라고 나서면 듬직하니까요! 두 다리 쭉 펴고 기다리세요!"

"잠깐. 거기 총각의 이름은 알지만 네 이름은 아직 못 들었구나."

아.

짧게 숨을 토한 소녀는 걸음을 멈추었다.

나에게서 손을 떼고 점쟁이와 마주 서더니, 실례했다고 공손하게 인사를 한다.

"마나. 료기 마나両儀未那예요, 훌륭한 점술사님.

어머님―― 아니, 아버님이 신세 많이 졌습니다."

그 이름에 어떤 이야기가 있었는지.

노파는 이번에야말로 정말로, 진심으로 놀랐다는 표정을 하며 소녀를 보았다.

이제는 시력이 없는 눈을 몇 번이나 깜빡인다.

"아——, 그랬구먼. 그런 일도, 있었지."

눈부신 것을 보듯, 혹은 미래를 축복하듯 조용한 미소.

"잘 있거라. 하기야 내가 할 말은 아니다만."

"점술사님이야말로 잘 지내세요. 부디 건강하게, 할머님답게 살아가세요."

그렇게 소녀는 걸음을 옮기고, 나는 손을 붙잡혀 휙 끌려갔다.

나는 시선만으로 점쟁이에게 작별을 고했다.

신기하게도 점쟁이가 앉은 책상은 당당하고도 힘찬 것으로 바뀌어 있었다.

이곳에 왔을 때와 별반 다를 바 없는데, 인상만이 달랐다.

아마도 그녀의 이야기는 이 소녀와 만나며 소소한 단원을 맞았을 것이다.

과거에 주역이었던 것이 무대에서 내려가도, 무대가 이어지는 한 손님은 끊이지 않는다.

……참으로 바쁘겠군.

내가 주제가 된 이야기는 10년 전에 끝났지만, 아직 단역

역할은 남은 모양이었다.

"가요, 미츠루 아저씨. 우선 어머님부터 설득해야지요."

"……다짜고짜 제일 어려운 난관부터 시작하는구나."

아무튼 로봇은 로봇 나름대로 일을 해야지.

나의 미래는 아직 희망과 불안으로 가득하다.

이 시나리오에 조명이 비춰질 일은 없을지라도, 무대는 수많은 주역들 덕에 돌아갈 모양이다.

이야기는 이어진다.

나의 행선지는 막연했지만, 확실하게 왼쪽 눈에 보인다.

/ 미래복음 서

0 /

1996년 1월.

금방이라도 울음을 터뜨릴 것 같은 하늘 아래, 그는 자유를 만끽하고 있었다.

심야 0시의 밀회. 한밤중의 소요. 사거리에서 만나는 살인귀.

그런 프레이즈를 흥얼거리며 그는 한밤의 거리를 활보한다.

물론 그녀에게는 비밀로, 좋아하는 붉은 점퍼를 걸치고, 자포자기한, 계기만 있으면 죽이거나 죽임을 당하고 싶은 기분으로 가득한 채, 균형을 잃어버린 인형처럼 거리를 헤맨다.

그녀는 깊이 잠들었다.

그 틈에 그가 밤거리로 나온 것은 자신의 마지막을 느꼈기 때문이었다.

망가지기 시작한 그녀.

망가질 수밖에 없는 자신.

지켜야만 하는 나.

지켜야만 하는 누군가.

그러한 모순에 괴로워하는 것은 그녀의 역할이며, 그는 별로 마음에 두질 않는다.

무엇을 어떻게 하면 그녀가 구원을 받을지. 그 궁극적인 수단을 이제는 깨달았기 때문이다.

──말하자면 자신이 사라지면. 그녀는 행복하게 살아갈 수 있다.

따라서 지금은 눈치 보지 않고 밤을 즐긴다.

얼마 남지 않은 목숨을 구가하는 아지랑이처럼.

마음속 어디선가 죽고 싶지 않다고 호소하는 어린아이처럼.

"딱히 죽음이 두려운 건 아니야."

혼자 중얼거린다. 강한 척을 하는 것이 아니다. 사실 그가 죽어도 그녀는 죽지 않는다. 그가 죽어도 이 몸은 죽음을 맞지 않는다. 그렇기에 무서운 것은 다른 이야기.

점심시간의 푸른 하늘이나, 방과 후의 저녁놀이나.

그러한, 그 소년을 통해 본 동경이 그에게는 너무나도──.

"어서 오게나. 잠깐 들렀다 가지 않겠나?"

문득 발을 멈추었다. 주머니에 찔러 넣은 손에는 접이식 나이프. 오늘 밤은 기분이 최악이었으므로 계기만 있다면 해치워 버려도 상관이 없었다.

그를 불러 세운 여자는 점쟁이였다.

분명 그녀가 학교에서 들었던 이야기에 따르면 불운한 미래를 회피시켜 준다나.

"하──."

정말 우습지도 않다. 뭐가 그리 잘났냐고 흥미가 동해 나이프를 쥔 손에 힘을 주었다.

그래도 이유가 필요했으므로, 그는 형식상으로라도 말을 걸었다.

"헤에. 재미있네, 점 좀 쳐 줘."

나이프를 들지 않은 왼손을 내민다.

점쟁이는 뚫어지게 손금을 보더니, 몇 번이고 몇 번이고 고개를 갸웃했다.

"어서 결과를 가르쳐 달라고. 어떻게 하면 좋지 못한 미래란 걸 회피할 수 있지?"

놀리는 목소리에는 살기가 있었다.

그는 이 점쟁이가 재미없는, 무탈한 말을 유언으로 내뱉기를 기대했고,

"──거 참, 이런 미래도 있구먼. 안 되겠어. 죽겠어, 자네. 뭘 해도, 무슨 짓을 해도 자네에겐 미래란 게 없어."

그렇게. 각오하고는 있었지만, 너무나도 이른 사형선고를 멍하니 들었다.

"……놀랐는걸. 당신 진짜구나."

미안하이, 점쟁이가 탄식했다.

그러는 동안에도 손을 바라보는 것은 점쟁이의 자존심 때

문이리라.

그는 힘없이, 갑자기 열이 식은 것처럼 살기와 자유를 거
둬들였다.

점쟁이는 아직도 빤히 그의 미래란 것을 보고 있었다.

"왜 그래. 이제 그만 됐어. 앞날이 캄캄하다며. 딱히 살 생
각도 없어. 오히려 속이 후련할 정도네. 보답은 아니지만 이
대로 아무 짓도 안 하고 갈게."

"아니, 그런 게 아닐세. 뭘 해도 죽는 건 확실하지만……
참 신기한걸. 이런 미래가 있다니."

"……?"

점쟁이는 당황하고 있었다.

아니면── 모든 것을 내다보고 그를 동정하는 것일까. 희
대의 미래시. 무언가 착오가 있었는지 신의 눈을 받아 태어
난 점쟁이는 스스로도 확신이 서지 않는 목소리로,

"자네는 이제 곧 사라질 게야. 앞길은 캄캄하고, 미래는 어

쩔 도리도 없어. 남은 것도 없고, 구원을 받을 길도 없고.
⋯⋯그런데도 신기하구먼. 그래도, 자네의 꿈은 계속 살아갈
게야."

그가 마지막으로 바라는 미래를, 확실하게 맞혀 주었다.
"_____."
어렴풋한 기쁨과, 가슴의 아픔.
그는 쓸쓸하게 웃고, 점쟁이에게 내밀었던 손을 집어넣었
다.
"그럼 잘 있어. 부디 오래 살라고, 할멈. 이 부근은 밤이 되
면 위험해지니 노인네에게는 안 맞아."

◇

낯선 골목길의 낯선 조명을 뒤로했다.
익숙한 둔치를 걸어 죽림에 에워싸인 저택으로 향한다.
문득 고개를 드니 하늘은 드디어 눈물을 흘리기 시작했다.
어떤 급우를 떠올렸다.

어깨너머로 배운 휘파람은 조만간 귀에 익은 어떤 노래로
바뀌었다.

'——그래도, 자네의 꿈은 계속 살아갈 게야——.'

그렇구나. 그럼 됐어. 그는 혼자 중얼거리고 있었다.

누군가를 좋아하게 되었고, 그 해답이 긍정임을 그녀는 알
았다.

하지만 그는 부정할 수밖에 없었으며, 그가 동경했던 것은
어떻게 해도 손에 넣을 수 없다.

두려웠던 것은 그뿐이다.

그녀와 소년의 미래가 약속된 것이라면, 분명, 이어지는 것
이 있을 테니까.

"하지만 거 참, 앞날이 캄캄하다는 것도 나다운 얘기인걸."

빗속에서 노래를 하며 천진난만하게 웃는다.

쏟아지는 빗속에서.

그는 혼자 춤을 추듯, 귀갓길에 올랐다.

본서는 2008년에 '타케보우키(竹箒)'에서 동인지로 간행되었던 『공의 경계 미래복음 the Garden of sinners / recalled out summer』를 수정하여 문고화한 것입니다.

공의 경계 미래복음

2014년 6월 7일 초판 발행
2021년 2월 28일 6쇄 발행

저자 　　　나스 키노코
일러스트 　타케우치 타카시
옮긴이 　　김완

발행인 　　정동훈
편집 팀장 　황정아
편집 　　　노혜림

발행처 　　(주)학산문화사
등록 　　　1995년 7월 1일
등록번호 　제3-632호
주소 　　　서울특별시 동작구 상도1동 777-1
편집부 　　02-828-8838
마케팅 　　02-828-8986

ISBN 979-11-5597-604-3 03830

값 8,800원